W0409701

DES MATINS HEUREUX

Née en 1980, la Bretonne Sophie Tal Men est neurologue dans un hôpital en Bretagne.

Paru au Livre de Poche :

DE BATTRE LA CHAMADE

ENTRE MES DOIGTS COULE LE SABLE

LÀ OÙ LE BONHEUR SE RESPIRE

QUI NE SE PLANTE PAS NE POUSSE JAMAIS

VA OÙ LE VENT TE BERCE

LES YEUX COULEUR DE PLUIE

SOPHIE TAL MEN

Des matins heureux

ROMAN

ALBIN MICHEL

© Éditions Albin Michel, 2022.
ISBN : 978-2-253-94183-5 – 1re publication LGF

« Dans le silence et la solitude, on n'entend plus que l'essentiel. »

Camille BELGUISE

PREMIÈRE PARTIE

Nuit

« La nuit paraît courte dans le plaisir, les veilles semblent longues dans la solitude. »

Proverbe chinois

1

La proie

Pas besoin d'ouvrir les yeux, Elsa connaissait le trajet par cœur. Tournants, lignes droites, feux, dos-d'âne, voies de bus qui rendaient la conduite plus fluide. Elle savait que tant qu'elle serait en mouvement, tout se passerait bien. Chez elle, les secousses avaient quelque chose d'apaisant. Comme le murmure des bruits environnants qui s'animaient ou s'éteignaient en arrière-fond. À croire que – par réflexe de survie – son ouïe s'était développée. En ce moment, elle discernait parfaitement, trois rangées derrière elle, les ronflements de l'homme ivre dont le crâne venait régulièrement cogner contre la vitre, les baisers passionnés du jeune couple à sa droite, les éclats de rire et les chants du groupe d'étudiants au dernier rang. Si elle avait pu retarder leur descente, elle les aurait gardés toute la nuit autour d'elle. Grâce à eux, elle se sentait moins seule, moins décalée. Grâce à eux, elle s'inventait une raison de ne pas dormir dans un lit.

Mais ce qui la rassurait plus que tout le reste, c'était le bruit de fond. Le roulement continu des pneus sur le bitume, le soupir des portes qui s'ouvrent et se referment, le frottement des mains sur le volant. Un peu comme le battement cardiaque qui prouve qu'on est encore en vie. Cet autobus, elle ne le considérait pas comme un simple moyen de transport. Elsa savait qu'il ne l'emmènerait nulle part. Qu'elle descendrait à l'endroit même où elle était montée. Qu'elle n'avait pas de temps à gagner. Ce Noctilien, c'était son rempart contre la nuit, le froid, la menace. C'était devenu son refuge.

L'astuce lui avait été donnée – trois semaines auparavant – à la soupe populaire où elle s'était rendue pour la première fois. Les gérants de l'auberge de jeunesse venaient de réaliser qu'elle n'avait plus de quoi les payer, son dernier vrai repas remontait à plusieurs jours, elle se sentait si faible qu'elle n'arrivait plus à réfléchir. Une sensation de flottement qui rendait la situation irréelle. Mais quand elle s'était retrouvée attablée parmi les sans-abri du quartier, la réalité l'avait frappée de plein fouet. À cet instant, elle avait eu l'impression de basculer. De ne plus contrôler sa vie, de dépendre des autres pour survivre. Comme un point de non-retour. Elle s'était mise à trembler comme une feuille, les doigts cramponnés à son bol fumant. La honte lui nouant l'estomac. Face à elle, une vieille femme édentée la dévisageait sans gêne, guettant le moment où elle lèverait la tête pour engager la conversation. Elsa sentait son regard et imaginait celui des autres rivé sur elle de la même manière. La femme n'avait pas attendu longtemps pour se lancer : « Allez, ma p'tite… Mange donc, ça va refroidir. On finit par s'habituer à tout, tu verras. » Des paroles réconfortantes qui avaient eu l'effet inverse. Elsa s'était mise à pleurer, le nez dans sa soupe, en se disant que jamais – au grand jamais – elle ne s'habituerait à cela. Et sa convive avait enfoncé le clou : « Tu dors où ce soir ?… Jolie comme tu es, ne traîne pas sur les trottoirs. Les trottoirs, pour une femme, c'est la mort ! De la chair fraîche, voilà ce qu'on est ! Et, crois-moi… toi, je te donne pas long avant de te faire bouffer !… Évite le métro aussi. Quand on s'enfonce sous terre, on ne sait jamais quand on remonte. » Elsa n'avait pas besoin d'entendre ça. De son passé, elle en tirait les mêmes conclusions. De la chair fraîche jetée dans la gueule du loup, voilà à quoi elle avait été réduite. De la chair criblée de cicatrices qui venait de perdre toute estime d'elle-même et qui aspirait sa soupe à petites gorgées pour occuper sa bouche et retarder le moment où elle serait obligée de lui répondre. « Dans les rues, tu dois marcher… Jamais tu ne t'arrêtes, tu entends ? » Il y avait un caractère d'urgence dans les recommandations de cette vieille dame. Comme une ordonnance de médicaments. « Les gares, c'est bien pour se poser. Y fait chaud et y a tout le temps du monde qui circule. Et quand ça ferme, tu ne te poses pas de questions, tu grimpes dans un bus… et tu te fais toute petite jusqu'au matin. » Comment cette femme l'avait deviné ? Pour Elsa, cette nuit serait la première. La première sans toit pour s'abriter. À croire que c'était marqué sur son front. En signe d'approbation, elle avait abaissé son bol et réalisé que, l'estomac plein, la chute paraissait moins douloureuse.

Dans l'autobus, Elsa choisissait toujours la même place. Quelques rangées derrière le chauffeur. Pas trop près pour éviter qu'il engage la conversation. Pas trop loin non plus, pour rester en contact. Ses yeux dans le rétroviseur, c'étaient comme des sentinelles qui veillaient à sa sécurité. Elle avait suivi à la lettre le programme de la doyenne du quartier. Celle qu'elle croisait souvent avec son cabas rempli à ras bord et son petit chien en laisse, en train de mendier à l'entrée du supermarché ou de chanter à tue-tête dans le hall de la gare Montparnasse. Quelque part son entrain lui faisait du bien, lui donnait la force d'avancer. Même si Elsa prenait soin de l'éviter – par pudeur, par honte aussi –, elle aimait la savoir toute proche. Dans son périmètre. Comme un point de repère rassurant au milieu de cette jungle anonyme. N'avait-elle pas eu raison de la mettre en garde ? Dans les rues froides et cruelles, Elsa était devenue une proie. Entre marcher pour rentrer chez soi et marcher, sans but, pour tuer le temps – elle s'en était vite rendu compte –, il y avait une sacrée différence. Il fallait donner le change, faire croire qu'elle était en voyage. Une touriste en plein mois d'octobre, qui tournait en rond et se concentrait sur la visite d'un seul quartier. Maîtriser l'art du camouflage. Se rendre invisible et gommer sa féminité. Car, la nuit, un homme attire moins l'attention. Elle avait chiné des habits trop larges à un surplus militaire près de la gare. Pantalon élimé qui flottait sur ses bottillons, grosse parka kaki doublée de fourrure de mouton, bonnet noir au-dessus de la ligne des sourcils, capuche entourant le bonnet, écharpe en laine nouée plusieurs fois lui remontant jusqu'aux narines. Son sac à dos, elle le portait comme une armure. Il contenait les seuls vestiges de sa vie d'avant. Seules preuves de son identité réelle. Le perdre, c'était s'effacer pour toujours. C'était mourir. Alors, elle le maintenait serré entre les jambes, le corps recroquevillé dessus comme une carapace, sans vraiment s'endormir. Et elle restait à l'affût. Toujours. À chaque arrêt, chaque bruit surajouté. Même si, à force, ça épuise. Ça fait perdre les repères. Perdre confiance. Même si, à force, ça fait perdre espoir.

2

La plouc

« J'informerai les patients des décisions envisagées, de leurs raisons et de leurs conséquences. Je ne tromperai jamais leur confiance et n'exploiterai pas le pouvoir hérité des circonstances pour forcer les consciences [...]. Je ne me laisserai pas influencer par la soif du gain ou la recherche de la gloire. »

Si Marie avait l'habitude de monter sur une estrade et se donner en spectacle, lire le serment d'Hippocrate devant ses amis et sa famille, c'était autre chose. Les mots employés, le caractère solennel, les mines amusées qui lui faisaient face. Tout contribuait à lui faire perdre ses moyens. Quand l'interne de gynécologie sentit le fou rire monter et le feu gagner ses joues, elle baissa la tête et récita son texte dans un murmure, sans se préoccuper de l'assistance. Ce n'est qu'une fois son discours terminé et le jury sorti de la pièce pour délibérer que la vraie nature de Marie put enfin s'exprimer. Une série de bonds, de pas de danse, de coups de poing frappés dans les airs et de cris de victoire.

— Vous avez vu comment j'ai tout déchiré ! Z'avez vu ?

Derrière ce petit bout de femme d'un mètre soixante, toute menue, se cachait un tempérament de feu. Présidente de l'internat, fervente défenseuse de la cause féminine – et de toutes les causes en général –, Marie avait l'âme d'une meneuse. Elle avait un avis sur tout et se mêlait à toutes les conversations avec une bienveillance quelquefois teintée de maladresse. Adepte de superlatifs, cette boule de nerfs croquait la vie avec une humeur basale plus haute que la moyenne. Sa bande d'amis était la plus merveilleuse de la terre – la plus agaçante et accaparante aussi. La Bretagne, la plus belle région au monde. Brest, une cité paradisiaque, à la qualité de vie inégalable et au microclimat méconnu. D'ailleurs, en ce moment même, n'avait-elle pas réuni tout son petit monde dans l'endroit le plus authentique et sympathique de la ville ? Le bar *Le Gobe-mouches.* Même si son nom en faisait fuir plus d'un, ce lieu était devenu incontournable pour elle et ses proches. Celui des retrouvailles après le travail, des petits déjeuners après une nuit de garde, des rendez-vous amoureux, des disputes, des réconciliations et celui des grandes occasions. Comme sa thèse de médecine qu'elle venait d'obtenir avec mention très honorable. Une brillante prestation qui méritait d'être fêtée une deuxième fois, après avoir dévalisé le buffet servi à la faculté et vidé toutes les coupes de champagne. Si le jury avait été conquis, le public ici présent – pas forcément initié – se souviendrait longtemps du diaporama qu'elle avait fait défiler pour imager ses propos. Une série de photographies en mode macro, prises au bloc opératoire, au plus près du bistouri. Gabriel, son ami d'enfance, fut le premier à lever son verre en direction de la jeune diplômée :

— Félicitations, Madame la chirurgienne ! Je n'ai pas compris grand-chose… mais suffisamment pour me couper l'appétit.

— Moi aussi, approuva Yvonne, la bistrotière. J'ai failli gerber sur le costard de ton père. Et j'ai bien vu que lui aussi n'en menait pas large. Aussi vert qu'une bouteille de chartreuse ! ajouta-t-elle en désignant la fameuse liqueur exposée derrière le comptoir.

Dans le genre gouailleuse, Yvonne n'était pas en reste. Pas besoin d'être passée par les bancs de la faculté de médecine pour maîtriser l'humour carabin. Sa bouteille en plastique à la main, la voilà qui s'appliquait à arroser la rangée de verres alignés sur le comptoir sans en renverser une goutte :

— Tournée de « Gobe-mouches » offerte par la maison pour la réussite du docteur Marie !… Au fait Marie, tu pars quand à Paris ?

— Demain. J'ai un train en fin d'après-midi.

Son expression se rembrunit subitement comme si elle le réalisait seulement maintenant. On ne quittait pas le plus bel endroit du monde aussi facilement, même si le retour était prévu six mois plus tard. On ne quittait pas la plus merveilleuse bande d'amis de la terre non plus. En tout cas pas sans leur dire qu'ils avaient sacrément intérêt à venir la voir ! Sinon c'est elle qui viendrait les chercher ! Devant sa mine déconfite, une pluie de cadeaux atterrit sur le comptoir pour lui redonner le sourire : un mug isotherme d'une grande marque de café américaine « pour faire comme dans les séries télé » de la part de Marie-Lou, une petite boîte à musique avec le cri des mouettes « pour se croire en Bretagne » de la part d'Anna, un parfum personnalisé créé sur l'île d'Ouessant « pour femme fatale » de la part d'Evann, une écharpe et un bonnet en coton de style marinière « pour ne pas renier ses racines » de la part de Matthieu, une paire de gants de boxe avec brodé *Wonder Woman* « pour continuer à se défendre » de la part de Gabriel, une boîte de chocolats « pour les soirs de cafard » de la part d'Alexandre et Margaux, une andouille de Guémené sous vide « pour faire le plein de protéines » de la part de Francis, le boucher, et enfin une bouteille de « Gobe-mouches », « la traditionnelle eau de Plancoët en plastique sans eau et sans étiquette pour tuer les insectes », de la part d'Yvonne. La larme à l'œil, Marie hésitait entre rire ou pleurer.

— Merci, les amis ! Avec tout ça, je peux partir tranquille ! Yvonne, tu ne veux pas délocaliser ton *Gobe-mouches* à Montparnasse ? Ça va trop me manquer !

— Délo… quoi ? V'là-ti pas qu'elle sort les grands mots, la Parisienne ! Faudrait me payer très cher pour aller vivre là-bas. Sans l'air de la mer, moi, j'étouffe.

— Ne me dis pas que tu n'as jamais quitté la Bretagne ! s'inquiéta Marie-Lou.

— Brest même ? Non, pourquoi ? Z'êtes marrants

vous autres à avoir toujours la bougeotte ! Je suis très bien ici, pourquoi j'irais voir ailleurs ? Tu sais comment on surnomme les Bretons qui s'installent à Paris ?

— Les ploucs… je sais, soupira Marie. Mais c'était il y a au moins cent ans. Avant qu'ils comprennent qu'ils ne pouvaient plus se passer des provinciaux.

— Et tu sais pourquoi on les appelait comme ça ?

— Soi-disant que le nom des villages commence toujours par Plou… machin-chose en Bretagne. N'importe quoi !

— Rappelle-moi… Ils habitent où déjà, tes parents ? la taquina Gabriel.

— Plouzané, à côté de Plougonvelin. Non loin de Ploumoguer et de Plouarzel, pourquoi ?… Je ne vois pas où est le problème ?

— Ha ha ha ! C'est bien ce que je disais… T'es une plouc, ma belle !

Et elle, de bomber une nouvelle fois sa poitrine inexistante.

— Plouc et fière de l'être !

3
L'intrus

Une heure que Guillaume fixait ce bocal de graines de chia posé sur l'étagère. Une heure qu'il se demandait si l'intrus c'était lui ou ce bocal. Lui sans doute. Depuis le départ de Virginie, il était devenu un étranger dans son propre appartement. Rien n'avait changé pourtant. Dans sa fuite, elle lui avait tout laissé. Comme des pièces à conviction de leur passé, meubles et objets étaient restés figés à leur place et venaient hanter ses nuits. La table chinée aux Puces de Saint-Ouen, le fauteuil club tout élimé récupéré in extremis avant que son patron s'en débarrasse, leur portrait au fusain réalisé place du Tertre, quelques jours après leur installation à Paris. Son visage à côté du sien, leurs joues si proches qu'elles donnaient l'impression d'être imbriquées. Ses yeux inquisiteurs le suivaient où qu'il soit dans la pièce, pour lui rappeler sa culpabilité. Qu'éprouvait-elle à son égard pour ne plus l'approcher ? Au point de laisser tout derrière elle : habits, petites culottes, albums photo, diplômes, jusqu'au meuble de sa grand-mère ! Du dégoût peut-être. De la haine sûrement. Des sentiments qu'il finissait par ressentir vis-à-vis de lui-même. Comment trouver le sommeil, allongé au milieu du grand lit ? Trouver l'appétit, seul à la table qu'ils avaient jusqu'alors partagée à deux ? Trouver la légèreté nécessaire ? Comment vivre tout simplement et avoir du plaisir à continuer la route sans elle ? Les nuits où il arrivait à ce constat, il pensait à la mort. Comme une libération, une solution de facilité. Et dans cet état de veille ensommeillée, ça ne lui faisait pas spécialement peur.

— T'es sûr ? Tu ne veux pas que je t'aide à tout ranger ? proposa sa collègue, après avoir gentiment poussé les derniers clients vers la sortie.

— Non, rentre chez toi… Ce soir, je m'en charge.

— Comme tous les soirs, soupira-t-elle en ébouriffant sa tignasse brune. Pas la peine de faire des heures sup, le boss ne te payera pas un centime de plus !

Depuis six mois, son rythme s'était inversé sans qu'il s'en rende compte. Il veillait la nuit et dormait le jour. Barman dans un Irish pub du quartier Montparnasse, Guillaume avait pris l'habitude de traîner après la fermeture. Toute excuse était bonne pour retarder le moment de rentrer chez lui : dépoussiérer les étagères, réparer le pied d'une table un peu bancale, faire l'inventaire des bouteilles vides et préparer sa commande du lendemain. Une soirée un peu plus sombre et morose que les autres, trop épuisé pour s'adonner à une quelconque mission, il s'était laissé tomber sur le chesterfield en plein milieu du bar. Cette fois, sa collègue Gladys n'avait pas insisté pour fermer à sa place. Son visage fermé et tourmenté ne lui disait rien qui vaille. Durant tout le service, il n'avait pas quitté son poste derrière le comptoir et – ce qui ne lui ressemblait pas – l'avait laissée débarrasser seule toutes les tables. Aussi loquace et aimable qu'une porte de prison, il avait manié la tireuse à bière et enchaîné les cocktails, comme un automate. Une froideur qui n'offusquait personne, ici. Dans cet endroit trop bruyant pour engager une conversation, trop sombre pour discerner les visages. Cet homme des cavernes s'était fondu dans le paysage et maintenait le calme avec une autorité naturelle. Barbu, cheveux longs noirs ramenés en chignon, traits coupés à la serpe et sourcils épais durcissant son regard. Même le plus alcoolisé et désinhibé des clients n'aurait osé le contrarier. Lorsque le silence enveloppait les lieux vers une heure du matin, c'était le moment que Guillaume préférait. Les murs ici n'avaient pas la même histoire que ceux de son appartement. Pas la même résonance teintée d'amertume. S'affaler sur le canapé ne lui procurait pas le même effet. Cet effet de relâchement, de bien-être et de légèreté. Lui qui ne tolérait pas une goutte d'alcool s'était laissé enivrer par l'odeur ambiante de whisky. Il se rappelait vaguement que l'écran face à lui diffusait un match de foot du championnat allemand et qu'il avait préféré couper le son. La première image au réveil avait été celle de la femme de ménage penchée au-dessus de lui ; et

Guillaume, la bouche pâteuse et les jambes perchées au-dessus de l'accoudoir, avait mis un moment à réaliser. La femme revêche avait pris un malin plaisir à faire ronfler son aspirateur près de ses oreilles pour le faire sortir de sa torpeur et s'était éloignée comme si de rien n'était. Elle ne lui avait posé aucune question. Pas un mot. Mais son regard avait parlé pour elle. Il se souvenait de sa pitié. Du film qui se déroulait dans sa tête. De sa méprise et ses mauvaises suppositions. Il se souvenait être parti, honteux et furieux contre lui. Ce travail, n'était-ce pas la seule chose qui lui restait ? Qui donnait un sens à son existence ? S'il ne se ressaisissait pas, il finirait par le perdre. Par se perdre par la même occasion.

Dans la vie, on ne prend pas de résolutions par hasard. Il faut un élément moteur. Pour Guillaume, ce déclic fut le regard de cette femme de ménage, doublé de ce bocal de graines de chia. Allez savoir pourquoi. Ces graines, c'était tellement Virginie. Tellement tendance, bio, sans gluten, bourré d'oméga-3, d'anti-oxydants, de vitamines... Tellement parfait ! Tellement pas lui. Et s'il éliminait toutes les choses parfaites autour de lui, en débutant par ces graines ? Quel effet cela lui procurerait-il ? S'il avait besoin de vide autour de lui pour exister de nouveau ? Quitter son canapé mal rembourré lui demanda un effort surhumain comme si tous ses membres étaient engourdis et courbaturés. Il dut s'étirer plusieurs fois avant de faire les deux pas qui le séparaient de la cuisine. Virginie, il l'avait vue faire plusieurs fois. Verser les graines dans une casserole de lait en ébullition, mélanger avec une spatule de bois, ajouter un peu de sucre puis remuer encore. Des gestes qu'il n'eut aucune difficulté à reproduire. Il prit soin de reposer le bocal à sa place et laissa refroidir l'étrange mixture. Peut-être finirait-elle directement à la poubelle. Peu importe. Car une fois qu'il eut regagné sa place chaude sur le sofa, Guillaume fut satisfait de voir le récipient à moitié vide sur l'étagère au-dessus du micro-ondes. Comme s'il se sentait délesté d'un poids. Juste quelques grammes. Mais n'était-ce pas un bon début ? En se relevant un peu plus tard pour goûter la gelée refroidie, il constata que l'aspect des graines avait changé. De noires, elles étaient devenues translucides et avaient gonflé comme de petites bulles de savon en suspension. Elles n'avaient pas grand goût – pour ainsi dire aucun – mais Guillaume trouva l'expérience agréable. Il se dit que ses idées noires avaient sans doute subi la même transformation. Et si l'intrus, ce n'était pas lui ? Si l'intrus dépendait du thème qu'on voulait donner à l'histoire ? Du décor autour de lui ? Guillaume en était maintenant persuadé. Il fallait changer le thème de sa vie. Changer de décor. Tout changer.

4

Le nid

Dans sa valise, Marie n'avait pas mis grand-chose. Ses cadeaux en occupaient déjà la moitié et – de toute façon – elle ne comptait pas vraiment s'installer. Contrainte d'attendre qu'un poste d'assistante chef de clinique se libère à Brest, la jeune gynécologue comptait mettre à profit les six prochains mois pour se perfectionner dans un domaine qui l'intéressait particulièrement : la reconstruction après cancer du sein. Pour accéder aux techniques de pointe, elle était prête à quelques sacrifices. Peu importe la palanquée de gardes aux urgences, les litres de café pour tenir debout, l'absence de vie sociale, les musées et les concerts dont elle ne profiterait pas. Peu importe, Marie s'était préparée. Sa passion pour la médecine et la satisfaction de faire du bien autour d'elle prendraient le pas sur le reste. Une simple parenthèse, voilà ce qu'elle s'était mis en tête. Et pour être sûre de retrouver sa joyeuse colocation rue de Siam à son retour, elle sous-louerait sa chambre à un interne de première année. Le contrat était le suivant : s'il lui prenait l'envie de revenir un week-end, son locataire compréhensif s'arrangeait pour dormir ailleurs ou acceptait de partager son lit.

— Un lit d'une place ? avait tiqué l'intéressé, se demandant si Madame la présidente n'était pas en train de l'aguicher.

— Je sais parfois me faire toute petite. Si, si, je te jure ! avait-elle insisté devant son air dubitatif. À ce loyer-là, tu ne vas quand même pas faire le difficile ! Je laisserai quelques affaires dans un coin mais ne t'avise pas de jouer avec mes petites culottes, ni de me piquer ma brosse à dents !

Sa manie de faire peur aux hommes, c'était plus fort qu'elle ! Dans le carré du wagon de seconde classe, Marie repensait à la mine effrayée de celui qu'elle avait gentiment malmené et s'aperçut que la vieille dame en face d'elle adoptait la même expression. Et elle n'y était pour rien cette fois-ci ! À son air perdu et ses mains agrippées aux lanières de son sac, l'élégante au tailleur rose pâle n'était pas habituée à prendre le train. Encore une qui ne voyait pas l'utilité de quitter Brest et ses alentours !

Quatre heures de confinement plus tard, arrivée à destination, Marie rêvait de bondir hors du train et de se sauver en courant avec sa valise. Mais quand elle vit sa petite voisine se lever péniblement, le dos aussi courbé que la tige d'une fleur fanée, Marie n'eut pas le cœur à la laisser et lui proposa son bras jusqu'à la station de taxi. Un parcours qui lui sembla interminable, cocasse aussi, où tout prétexte était bon pour s'arrêter : un orteil qui lui faisait mal, une SDF qui chantait des airs de Dalida, un panneau publicitaire avec la couverture d'un livre qu'elle avait apprécié. Ce qu'il y avait de magique dans un train, c'étaient les rencontres qu'on y faisait – heureuses et malheureuses. Des croisements de parcours juste le temps d'un trajet qui ne laissaient pas indifférent. Marie accordait beaucoup d'importance aux coïncidences. Et durant son séjour parisien, elle comptait bien provoquer le hasard. Provoquer les rencontres. Cette ville, n'était-ce pas une véritable fourmilière ? Un wagon puissance mille ? Il faisait déjà nuit noire lorsqu'elle atteignit enfin le parvis de la tour Montparnasse. Saisie par les courants d'air glacés, elle enfila le bonnet et l'écharpe marinière qu'elle avait reçus en cadeau et – comme toute touriste qui se respecte – envoya un selfie à ses amis pour les remercier. Avec un clin d'œil et un pouce levé, bien évidemment ! L'itinéraire que lui avait indiqué Margaux pour rejoindre l'appartement semblait se résumer à deux rues : l'avenue du Maine, puis la rue Froidevaux sur la gauche. Si jamais elle arrivait à se perdre, il valait mieux faire demi-tour et rentrer tout de suite en Bretagne ! Avec les lumières de la ville, la nuit paraissait moins noire ici, elle s'étonna même d'apercevoir la couche de nuages qui tapissait Paris. Elle s'imagina un jeu des sept différences. Le tout était d'en trouver sept avant d'arriver ! Au dernier croisement, un homme faisait la manche, muni d'une canne à pêche. Ou plutôt d'un fil qui pendait au bout d'un bâton. Ce qui lui donna une septième différence : ici, on ne pêchait pas de poissons mais de… l'argent. Elle sourit à cette idée. Lorsqu'il agita machinalement son récipient pour faire tinter la monnaie, Marie eut d'abord le réflexe de s'écarter. Elle allait s'engager sur le passage piétons pour changer de trottoir quand elle se ravisa. Quel genre de réactions venait-elle d'avoir ? Elle s'immobilisa pour réfléchir. De la peur ? Du dégoût ? Détourner les yeux devant la misère des autres, n'était-ce pas faire comme si elle n'existait pas ? Elle s'en voulut et s'efforça de ne pas dévier sa trajectoire. Autre différence : ici, la pauvreté paraissait noyée dans la masse, diluée dans les artères de la capitale et elle se fit la promesse de ne jamais fermer les yeux, ne jamais s'habituer. La lune s'élevait au-dessus du mur du cimetière du Montparnasse quand Marie distingua une devanture colorée au milieu des façades ternes d'immeubles résidentiels. Un bleu azur qui lui rappelait sa Bretagne. Cette pâtisserie tenue par le cousin de Margaux était son point d'arrivée sur la carte. Elle lui parut telle qu'elle l'avait imaginée : jolie et poétique. À l'image de l'enseigne qui brillait sous le halo du réverbère : *La vie, c'est comme une boîte de chocolats.* Une phrase qui lui donnait envie de soulever le rideau de fer pour découvrir les trésors cachés derrière et qui lui prédisait quelques orgies sucrées le soir, en rentrant de l'hôpital. Marie s'imaginait déjà sentir les effluves de gâteaux depuis la fenêtre du studio qu'elle occuperait juste au-dessus. Une aubaine que Margaux ait bien voulu le lui prêter avant de le mettre en location ! C'est tout juste si elle ne s'était pas excusée de l'avoir vidé, sans lui laisser quelques meubles. N'avait-elle pas la bande d'amis la plus merveilleuse de la terre pour disposer gracieusement de ce nid douillet en plein cœur de Paris ? Un nid, c'était le mot. Une seule pièce dont Marie, en écartant les bras, parvenait presque à toucher les murs du bout des doigts. Le grand miroir face à elle – qui tendait à lui faire croire que la pièce était plus grande – lui renvoya sa silhouette en croix. Elle pensa au cimetière de l'autre côté de la rue que sa fenêtre surplombait, qui formait un gigantesque trou noir au milieu de la ville éclairée. Aux voisins prestigieux qu'elle allait côtoyer pendant les six mois à venir : Sartre, Beauvoir, Gainsbourg, Maupassant, Desnos, Duras… Des voisins qu'elle ne pourrait pas accuser de faire trop de bruit et qu'elle comptait bien aller saluer.

— Quel honneur, très chers !

De là, elle laissa tomber ses bras le long de son corps et se fit une grimace, juste pour le plaisir.

5

Donner le change

Le hall de la gare Montparnasse n'avait désormais plus de secret pour Elsa. Jusqu'à sa fermeture vers une heure du matin, elle avait pris l'habitude de s'y réfugier pour profiter de la chaleur relative des lieux. Contrairement au monde de la rue, ici, l'animation était sous contrôle. Elle pouvait surveiller aisément les allées et venues des uns et des autres, sentir venir le danger, se rapprocher des agents de sécurité ou des caméras de surveillance si elle le souhaitait. Un monde sous cloche qui, en plus d'être rassurant, lui permettait de donner le change. Ici les gens passaient et ne faisaient que se croiser. Si pressés qu'ils prenaient rarement le temps de lever la tête. Il n'était donc pas difficile de faire croire qu'elle était comme les autres. Ni plus ni moins qu'une voyageuse attendant son train. Aussi changeait-elle régulièrement de place pour ne pas éveiller les soupçons. Un banc, un pan de mur sur lequel s'appuyer. Il lui arrivait même de se fondre dans la foule devant les panneaux d'affichage et d'attendre debout, le nez en l'air, que les inscriptions tournent puis s'effacent une à une. Elle s'imaginait suivre le flot de personnes. Rennes, Nantes, Le Croisic… Espoir de vie meilleure ou même galère ? À vrai dire, elle n'avait plus le courage de partir ailleurs. De revenir en arrière, encore moins. Alors elle continuait son petit rituel, faute de mieux. Un rituel qui la faisait tourner en rond mais qui avait le mérite de limiter la casse.

Chaque jour, avant de rejoindre la gare, Elsa déambulait dans le quartier à la recherche d'un travail. Ses chances étaient minces sans diplôme en poche, ni curriculum vitae à distribuer, mais elle continuait à se présenter dans les bars, restaurants, boutiques pour proposer son aide. Au service, à la vente, à la plonge – peu importe, du moment qu'elle sortait de cette galère ! Personne, pour l'instant, ne s'était montré intéressé. Pas de poste, pas assez de qualification, pas d'argent pour payer. Le discours était toujours le même. À part un jeune pâtissier, installé face au cimetière du Montparnasse, qui avait pris le temps de la recevoir et de discuter un peu. À ce moment-là, Elsa logeait à l'auberge de jeunesse et croyait encore au miracle. Elle se rappelait qu'il l'avait questionnée sur son expérience de vendeuse.

— Vendeuse en quoi ?

— En boulangerie.

— Combien de temps êtes-vous restée ?

— Trois mois.

— C'est court.

— J'aimais ça pourtant, l'odeur du pain… de la brioche qui sortait du four. La vendéenne, spécialité de chez moi.

— Une valeur sûre, la vendéenne ! Je vous l'accorde. Et pourquoi n'avez-vous pas continué alors ?

Il avait souri et s'était excusé pour son indiscrétion. Elle s'était sentie en confiance. Et – comme toujours – avait tout gâché :

— C'était compliqué… le patron, ma situation… Bref.

— Bref ?

— J'ai dû fuir pour sauver ma peau.

Le charme était rompu et l'homme – mal à l'aise – n'avait plus osé poser de questions.

— Pardon ! Excusez-moi, ce n'est pas ce que je voulais dire.

Trop tard, Elsa ne pouvait plus se rattraper. Son gros défaut, c'était qu'elle ne savait pas mentir. Elle aurait dû inventer une jolie histoire. Une histoire qui l'aurait mise en valeur : un amoureux à Paris, des études, des projets, de l'ambition. Il avait eu la politesse de lui demander son numéro de téléphone. D'ici quelques mois, il aurait peut-être besoin d'aide au service, s'il parvenait à développer son activité de cours de pâtisserie. Elsa s'était trouvée décontenancée. Téléphone, quelques mois : deux murs qui se dressaient devant elle, venant briser ses espérances. Elle avait inventé une série de chiffres au hasard, en promettant de repasser. Et depuis, plus rien. Pas une touche ! Pire encore. Elle avait remarqué que l'accueil avait changé. Surtout le regard que l'on portait sur elle.

La jeune femme avait beau s'arranger avant d'entrer dans une boutique, ôter sa tenue de camouflage, se faire une toilette rapide dans les toilettes publiques, se maquiller un peu et peigner ses cheveux, il y avait toujours ce sac à dos de campeuse qu'elle avait du mal à cacher et les rougeurs apparues sur sa peau desséchée. En y réfléchissant, il devait y avoir autre chose, vu l'expression de pitié ou de dégoût qu'elle percevait chez certains. Un jour, un hôtelier l'avait chassée comme une malpropre. Un traiteur, demandé si elle voulait coucher pour dormir au chaud. Un boulanger, proposé les restes de pain de la veille. Oui, il devait y avoir autre chose. Mais lorsqu'elle croisait les autres hères de la gare, Elsa ne s'identifiait pas du tout à eux. Moins voyante, moins sale. Jamais elle ne s'asseyait par terre, ne parlait fort, ni ne buvait de bières. Les tenir à l'écart, c'était tenir sa peur à l'écart. Sa peur de leur ressembler un jour. Une seule personne – à ses yeux – échappait à cette règle, c'était la doyenne. La seule qu'elle osait approcher. Toujours propre sur elle, avec des habits dépareillés qu'elle empilait tel un portemanteau ambulant, cette femme avait un côté rassurant. Sans doute parce qu'elle donnait l'impression de résister au malheur, de ne jamais baisser les bras. Son remède ? Chanter. Chanter à longueur de journée devant les trains alignés. Dalida, Mireille Mathieu ou Michèle Torr, du moment qu'il était question d'amour. En roulant les « r » de préférence et en agitant ses bras tremblants, comme la Môme des rues. « Emmène-moi danser ce soi*rr*, joue cont*rrr*e joue et se*rrrr*és dans le noi*rr*... » Un soir, entre deux chansons, elle lui révéla son prénom : Josette. Lui révéla sa sombre histoire aussi, avec le même ton détaché que si elle lui contait une recette de cuisine. Enfance cabossée, adolescence violée. Le sort n'aurait pu s'acharner plus, mais la vieille tenait encore debout, son cabot à ses pieds, le dos appuyé sur son caddie rempli d'objets en tout genre et continuait à brailler sa vie en rose, faute d'y avoir droit.

— Alors ma jolie ?... Pourquoi tu ne fais pas la manche ? Avec ta petite gueule, ça marcherait ! Moi, je dois faire le show pour que les gens s'arrêtent ! C'est fatigant mais, au moins, ça tient en forme... « Tu es comme le vent qui fait chanter les violons et empo*r*-*rr*te au loin le pa*rrr*fum des *rrr*oses », roucoulait-elle en tendant sa paume vers le ciel, alors que les derniers voyageurs sortaient du train en provenance de Brest.

Elsa préféra rester en retrait. Il y avait quelque chose d'intrusif dans sa façon d'attirer l'attention des passants, mais Josette parvenait toujours à les faire sourire, c'était étonnant. Même les plus pressés, les plus austères et renfrognés d'entre eux. Cette prouesse méritait bien une petite pièce ! Pendant que les centimes tintaient dans la corbeille posée à ses pieds, Elsa ne cessait de repenser aux propos de la doyenne. Combien de temps allait-elle continuer à donner le change ? Si sa situation n'évoluait pas, elle serait bien obligée de surmonter sa honte et d'allonger le bras, à son tour. Qu'avait-elle à offrir aux gens, en échange ? Elle n'avait aucun don particulier. En tout cas, pas celui de chanter. Et l'idée de s'exposer au public la paralysait. Josette en était au dernier couplet et Elsa réfléchissait aux questions qu'elle allait lui poser pendant l'intermède. La doyenne lui avait parlé d'un endroit, non loin d'ici, où elle pourrait se doucher et faire une lessive. Il faudrait qu'elle le note sur un bout de papier. « Pa*rr*oles et pa*rr*oles. Et enco*rr*e des pa*rr*oles que tu sèmes au vent. » Deux femmes s'arrêtèrent à leur niveau. Une vieille dame soutenue par une plus jeune. La première, manifestement fan de Dalida, avait freiné d'un coup ; et la seconde, amusée, avait accepté de poser sa valise un instant. La petite trentaine, cheveux courts déstructurés, châtain clair couleur caramel, frange rebelle balayant son front, Elsa la trouva resplendissante. Une beauté simple et décomplexée à laquelle elle aurait tant aimé ressembler. Elle envia tout chez elle : sa liberté, son assurance. Et lorsque leurs regards se croisèrent, elle eut envie de rentrer sous terre. Ses grands yeux verts allaient droit au but, sans trace de timidité. Avait-elle deviné la précarité de sa situation pour la fixer de cette manière ? Avec tant de curiosité ? Percée à jour, Elsa baissa les yeux en attendant la fin de la chanson.

6

La vie, c'est comme une boîte de chocolats

En battant la mesure sur le gonfleur de son matelas de fortune, Marie se dit qu'elle aurait dû réfléchir à deux fois en empruntant le kit de camping de son ami Gabriel. Ce deux-places, épais comme le tapis gonflable d'un parc d'attractions, ne s'installerait pas en trois coups de pédale. Maintenant, elle comprenait mieux pourquoi il lui avait proposé son gonfleur électrique. Une… deux, une… deux ! Un peu de steppeur après quatre heures de train ne lui ferait pas de mal. Une… deux, une… deux ! Si le miroir d'en face pouvait éviter de lui renvoyer son visage grimaçant.

— C'est pour que je me sente moins seule que tu me dédoubles comme ça ? s'énerva-t-elle contre l'objet. Pas sûre de supporter ma tronche tous les matins au réveil. T'as pas intérêt à me grossir sinon je t'éclate, tu entends ?

La boxeuse en herbe farfouilla dans ses affaires à la recherche de ses gants *Wonder Woman*.

— En garde ! le menaça-t-elle en levant les poings. Finalement, je vais peut-être te donner ta chance. Si je veux m'entraîner tous les soirs, tu peux m'être utile ! Il y a même une accroche pour mon punching-ball, dit-elle en désignant le crochet au milieu de la moulure au plafond. Que demander de plus ! Heureusement que ma copine m'a donné carte blanche pour refaire la déco !

Voilà qu'elle se mettait à parler toute seule, ses affaires installées depuis une heure – à peine. À ce rythme, il faudrait bientôt l'interner !

— Tu pourrais quand même me répondre ou je ne sais pas… me chanter une chanson ! s'indigna-t-elle en laissant tomber ses gants.

Marie détestait le silence depuis qu'elle était toute petite et tous les moyens étaient bons pour le combler : musique, télévision, bavardages incessants. Si elle avait le don d'épuiser ses proches, le seul qui l'excusait – à l'époque –, c'était son grand-père. D'après lui, le silence symbolisait la mort. Et il mettait ça sur le compte de l'angoisse. À cinq ans, passe encore, mais à vingt-huit ans ? Autour d'elle, il fallait que ça bouge, ça chahute. Sans doute la raison pour laquelle elle n'avait jamais vécu seule. Quand elle avait réussi son concours de médecine, elle s'était rapidement trouvé une ribambelle de colocataires à embêter, pour remplacer ses frères et sœurs. Présidente de l'internat de Quimper, puis de Brest, Marie adorait la vie en communauté. Et surtout la gouverner ! À part le moment du petit déjeuner où – l'oreille collée à la radio – il ne fallait pas la déranger, Marie brillait par sa sociabilité.

Jamais elle n'aurait raté une partie de ping-pong après le café du midi ou de billard en rentrant de l'hôpital, les soirs où elle ne jouait pas les animatrices en improvisant un cours de zumba ou de boxe pour les plus motivés d'entre eux. Avait-elle réfléchi à tout ce qui allait lui manquer, avant de s'expatrier à la capitale ? Au silence ? Les copains l'avaient narguée plusieurs fois à ce sujet :

— Comment vas-tu t'y prendre pour te faire à manger ? As-tu déjà changé une ampoule de ta vie ? Ou même sorti les poubelles ?

— Je vais me trouver un homme, qu'est-ce que vous croyez ? Un homme au foyer, ça a toujours été mon rêve !

— Tu en parlais déjà au collège, je me rappelle, s'était amusé Gabriel.

Pas question de leur donner raison ! Non, elle ne se nourrirait pas de kebabs pendant six mois, n'engagerait pas de femme de ménage, ni ne s'inscrirait sur des sites de rencontres. La solitude ne l'effrayait pas ! Marie fit la moue, pas encore convaincue, et se laissa tomber au milieu du matelas. Pour une fois, elle ne chercherait pas à combattre le silence. Chiche ! Elle le laisserait venir à elle. Lorsqu'il l'enveloppa doucement, interrompu par le bruit sourd des voitures, les battements de son cœur, le gargouillis du radiateur, elle se demanda si le silence – absolu – existait vraiment. Une sensation de vertige l'envahit, comme si elle se retrouvait au bord du précipice. L'angoisse décrite par le grand-père sûrement. Ou peut-être juste son ventre qui criait famine. L'exercice ne dura que quelques minutes, mais Marie jugea que c'était suffisant pour un premier jour. Coiffée de son casque audio – qui lui donnait des airs de princesse Leia –, elle opta pour une playlist « Zumba », la plus entraînante qui soit. N'était-ce pas le remède idéal contre le silence ? Au-dessus d'elle, des stries de lumière animaient le plafond par intermittence, comme si les phares des voitures au contact du mur se transformaient en étoiles filantes. La nuit allait être longue, elle le savait. Son esprit, surexcité par sa nouvelle installation, fusait dans tous les sens au rythme de sa musique. Comment occuperait-elle son lendemain ? S'adonnerait-elle à un footing dominical pour découvrir le quartier ? Irait-elle visiter l'hôpital pour paraître moins perdue lundi matin ? Y avait-il un marché le dimanche ? Et la pâtisserie d'en bas, serait-elle ouverte ? Pourvu qu'elle le soit ! Elle repensa aux propos de Margaux lors de la remise des clefs.

— Celle-ci vaut de l'or, ne la perds pas ! l'avait-elle avertie, avec des yeux pétillants de malice. Quand tu auras goûté aux gâteaux de Raphaël, tu comprendras !

— C'est l'entrée de service ? J'espère qu'il est d'accord au moins…

— Peu importe… De son côté, il a bien celle du studio.

— Tu veux dire qu'à tout moment il peut débarquer chez moi ?

— Oui… et fais gaffe ! Il a l'art de choisir le moment où tu sors de la douche !

— Ha ha ha ! S'il est mignon, je veux bien lui faire une petite place dans mon lit.

Marie fit danser la grosse clef de sécurité au-dessus de sa tête. De l'or, selon Margaux ? C'était tentant. Surtout qu'avec le rideau de fer abaissé côté rue personne ne pourrait la voir. Quelques salsas et merengues plus tard, ponctués d'étoiles filantes, Marie était bien décidée à tenter l'expérience. Elle fit plusieurs bonds, histoire de prendre de l'élan, puis s'extirpa de sa bouée géante. L'immeuble était désert et aucune lumière ne filtrait sous la porte de service. Marie coupa le son de ses écouteurs pour rester à l'affût du moindre bruit et poussa la porte avec la délicatesse d'une cambrioleuse.

— Magnifique ! s'enthousiasma-t-elle aussitôt, oubliant toutes ses précautions pour rester discrète.

Cet endroit n'était pas une simple pâtisserie mais faisait aussi salon de thé, bibliothèque, salle de cours de cuisine. Les petites tables en métal colorées, les carreaux de ciment, la vitrine remplie de gâteaux, l'éclairage tamisé, les rayonnages de livres... Tout résonnait en elle et lui procurait un sentiment de déjà-vu. Sans doute Margaux lui avait-elle déjà décrit certaines choses, comme les ardoises au mur où les clients pouvaient choisir leur propre fin à la phrase : « La vie, c'est comme une boîte de chocolats... » Cette tirade était – d'après elle – extraite du film *Forrest Gump* et il était amusant de voir à quel point les visions de chacun pouvaient être différentes. « C'est l'amer qui fait apprécier le sucre » dans un coin ou « Quel que soit le problème, le chocolat est toujours la solution » dans un autre. Au-dessus du comptoir, Marie fut surprise de trouver celle d'Alexandre – le petit ami de Margaux et un de ses plus anciens colocataires à l'internat de Quimper. Sans nul doute le garçon le plus intelligent et sensible qu'elle ait rencontré durant ses études de médecine. La tournure de sa phrase était à son image : « À chaque saveur son histoire. Des histoires qui s'imbriquent et qui ne laissent pas indifférents. Comme des empreintes. » Elle se demanda quelle empreinte son expérience parisienne allait laisser dans sa vie et quelle fin elle pourrait bien donner à cette phrase. Promis, elle y réfléchirait, mais d'abord elle avait une autre idée en tête. Une idée beaucoup moins intellectuelle. Beaucoup moins raisonnable. Comment résister à des cupcakes aussi appétissants ? Pas de couleurs criardes, ni de montagne de crème sur le dessus. De l'élégante simplicité à la française. Des cratères de caramel coulant, des zébrures de chocolat, des éclats de noix de coco… Mmm ! Un premier en appela un deuxième puis un troisième. Suffisamment pour se sentir coupable d'avoir laissé un trou béant sur le présentoir. Trop tard ! Vu ses piètres qualités de cuisinière, elle serait bien incapable de les remplacer. Elle laissa quelques pièces pour payer son dû, griffonna un dessin pour se faire pardonner, puis remonta à pas de loup, convaincue d'avoir fait une bêtise.

Et pendant ce temps-là, sur le comptoir… Madame Gloutonne, langue dehors, riait au milieu des feutres éparpillés.

7

L'imagier de ses nuits

Guillaume s'était toujours demandé comment Gladys faisait pour déménager tous les six mois. Sa pétillante collègue avait trouvé le remède à la monotonie : elle s'arrangeait toujours, entre ses nombreuses conquêtes, pour trouver refuge chez des copines ou squatter le lit qu'il n'occupait plus chez lui. C'était peut-être cela la recette du bonheur : n'avoir aucune affaire personnelle, aucune attache, aucun souvenir encombrant. La liberté totale ! Et même s'il ne s'imaginait pas vivre chez les autres, l'idée de se débarrasser des vestiges du passé lui apparaissait maintenant comme une évidence.

« Urgent. Studio à vider. Mobilier, appareils électroménagers, télévision, vaisselle, vêtements. Prix à débattre. »

— Il était temps ! s'écria Gladys en tombant sur l'écriteau scotché sur le bar. Yom-Yom se décide ENFIN à tourner la page.

La série de piercings qui décorait son visage se mit à s'agiter dans tous les sens, comme les maillons d'une chaîne qu'on aurait dispersés. Sourcils, narines, lèvres, menton s'accordaient tous pour exprimer son enthousiasme.

— Chut ! Sois discrète.

— Une petite bière pour fêter ça ?

— Non, pas d'alcool…

Son plateau brandi au-dessus de sa tête, la grande brune s'empressa de traverser les portes battantes pour le rejoindre derrière le comptoir et lui chuchoter à l'oreille.

— Tu déménages quand ?

— D'abord, je vide. Après… on verra.

— T'as raison… vider, ça fait du bien ! Et puis manger et dormir par terre, ça remet les idées en place, le taquina-t-elle en lui ébouriffant les cheveux – geste qu'elle prenait un malin plaisir à répéter, trop contente de défaire le pseudo-chignon formé au-dessus de son crâne. Par contre, tu te rappelles : la veste en cuir de Virginie, c'est pour moi !

— À force de me le répéter tous les jours, ça commence à rentrer, grogna-t-il en tentant de déchiffrer la commande griffonnée sur un bout de papier qu'elle venait de lui tendre. C'est un P là ?

— Oui, P comme Pinte, je crois. Enfin, je ne suis plus sûre.

— Ou P comme Perrier, Pastis, Planteur, Panaché… Ne te plains pas s'ils te renvoient le verre.

— Ou P comme Putain de bonne nouvelle, le coupa-t-elle pour revenir au sujet initial, peu soucieuse de satisfaire ses premiers clients du service. Une annonce c'est bien, mais pourquoi tu ne leur dis pas de s'adresser directement au bar plutôt que de laisser ton numéro de téléphone ?

— Surtout pas. Je ne veux pas qu'on sache que c'est moi.

— T'as peur de subir un interrogatoire ?

— Probable que les filles de l'agence de voyages du coin ne se gêneraient pas.

— Tu leur fais un de ces effets qu'elles reviennent tous les soirs ! Ça serait drôle qu'elles apprennent que tu habites seul à deux pas d'ici, non ? D'ailleurs quelle heure est-il ? Elles ne devraient pas tarder à sortir du travail.

— Déconne pas, dit-il en immobilisant la main qui s'apprêtait à le décoiffer une seconde fois.

— D'accord, d'accord… Et une annonce sur Leboncoin ? Ça ne serait pas plus discret et plus efficace ?

Leboncoin, les achats – la consommation en général –, c'était Virginie. La reine des bonnes affaires. S'il ne l'avait pas rencontrée, peut-être habiterait-il toujours dans sa chambre d'étudiant à Lyon. Sa licence d'histoire en poche, il aurait opté pour un master d'archéologie. Un master qui ne l'aurait sans doute pas mené bien loin, vu son manque d'ambition et son incapacité à se vendre et à se mettre en valeur. Tout le contraire de Virginie en définitive. Il y a deux ans, elle s'était montrée si amoureuse et persuasive qu'il avait tout quitté pour la suivre. Tout. Même si son

« tout » n'était pas grand-chose. Ce quinze mètres carrés, c'était elle qui l'avait trouvé au plus près de son nouveau travail. La déco, c'était elle qui l'avait choisie. Et Guillaume s'apprêtait à tout brader, comme sa vie d'avant. Les anciennes bonnes affaires se transformeraient en nouvelles aubaines pour une autre jeune cadre dynamique. Ainsi allait le monde aujourd'hui. Et aussi triste soit-il, à trente ans à peine, le monde allait déjà trop vite pour lui.

— Tu prends les photos et je me charge de l'annonce sur le site, ça te va ? avait proposé Gladys en déchirant l'écriteau, juste avant que la bande de groupies pénètre dans le pub en gloussant.

Lors de ses déambulations nocturnes, Guillaume aimait prendre des photos et les stocker sur son téléphone. Un graffiti sur un immeuble, une ombre sur un trottoir, une porte, une bouche d'égout. Quelquefois il montait même dans le bus pour faire le tour du quartier. La ville l'inspirait ou plutôt les traces que les hommes laissaient sur leur passage. Un objet déposé sur un banc, un vélo cassé enchaîné à un tronc d'arbre. Autant d'histoires qui résonnaient avec son humeur du moment et qui, sur l'écran, devenaient l'imagier de ses nuits d'insomnie. Mais là, l'exercice était différent. Scanner chaque recoin de son appartement lui demandait de puiser dans ses souvenirs. Puiser dans sa peine. Et tous les objets face à lui l'agressaient. En les photographiant, comment donner envie aux autres de les acheter, alors qu'il ne souhaitait qu'une chose : les voir disparaître ? Guillaume rusa et ne s'intéressa qu'à certains détails. Un pied de la table pris en gros plan, couché par terre. Avec l'armoire de la grand-mère visible en arrière-plan. Une sorte de flou artistique qu'il jugea opportun, vu l'état du bois piqué par les vers. Du lit, il ne se focalisa que sur un oreiller. Le gauche, celui que Virginie avait délaissé et dont Gladys profitait de temps en temps. Le bocal à spaghettis posé sur l'étagère, tout près de la fenêtre, fut son dernier modèle. Immortalisé en contre-plongée avec le reflet du spot sur le verre. Le bocal ne reflétait-il pas parfaitement l'ambiance des lieux ? Le souci du détail, c'était Virginie. Comme si tout méritait d'être sublimé. Même une poignée de pâtes et de graines de chia.

— C'est une blague ?

— Non, pourquoi ?

— Comment veux-tu être crédible avec des photos pareilles ? On dirait que tu prépares une expo de natures mortes.

— Tu les trouves sympas alors ?

— On ne comprend pas ce que tu vends… Une assiette, un stylo-plume, un pied de table ?

— Tout… Je vends tout !

Quand elle glissa son doigt sur l'écran et qu'elle tomba sur le dernier cliché, Gladys soupira.

— T'es sérieux ? Même les spaghettis ?

8

La dormeuse éveillée

Il y a un mois, Elsa n'imaginait pas sombrer de cette manière. Même si sa vie prenait la mauvaise pente, si le vide se formait autour d'elle, rien ne semblait irrattrapable. Le point de non-retour. Comment l'avait-elle atteint ? Elle qui pensait que sa classe sociale la mettait à l'abri, qu'il n'y avait que les drogués et les fous pour se retrouver à la rue. Elle qui ignorait tout. Depuis la mort de son père lorsqu'elle avait quinze ans, les conquêtes désastreuses de sa mère s'étaient succédé et fuir était devenu une habitude. Fuir pour souffler. Fuir pour se protéger et chercher une vie meilleure. À cette époque, c'était simple de s'inviter chez les autres. On rajoutait un couvert, un matelas dans une chambre, on organisait des boums dans le garage, des barbecues dans le jardin. Sa bande de copains, c'était devenu sa famille. Celle qu'elle avait choisie – pas subie –, au sein de laquelle elle trouvait toute la chaleur et l'attention qui lui manquaient. S'il n'y avait pas eu le bac pour la disperser, sa vie aurait pris un autre chemin, c'est certain. Quand son amie Pénélope avait intégré l'école d'infirmière à La Rochelle, Elsa l'avait suivie sans se poser de questions. N'ayant pas les moyens de se payer des études, elle avait décroché un poste de vendeuse en boulangerie pour participer au loyer. Au début, tout s'était passé comme elles l'avaient planifié depuis le lycée. Les deux amies partageaient tout : studio, mobylette, liste de courses, jusqu'à l'arrivée d'un petit ami venu troubler l'équilibre. Elsa s'était sentie de trop. Sa vie n'était qu'une succession d'abandons : son père, sa mère, sa meilleure amie, et elle avait eu l'impression de descendre une nouvelle marche. La marche suivante allait être franchie quelques semaines plus tard. Franchie ou plutôt dégringolée. Quand son patron – au moment de la fermeture du magasin – avait attendu que les autres employés soient partis pour la renverser violemment sur le carrelage et arracher ses vêtements. Oui, le point de non-retour se situait là. Quand Elsa avait réalisé qu'elle n'avait plus personne sur qui compter. Plus de plan B. Et elle avait pris peur. Peur des hommes, de l'avenir. Peur d'être abandonnée de nouveau. Sa fuite avait, cette fois, un caractère d'urgence. Il fallait faire vite ! S'éloigner à tout prix de sa région, de son monde d'avant. S'effacer du regard des autres. En grimpant dans le premier train en direction de la capitale, Elsa n'était plus qu'un fantôme.

Le fantôme du Noctilien. Toujours assis à la même place. Sac à dos coincé entre les jambes, bras croisés sous sa veste, visage courbé sous la capuche. Elsa avait au moins réussi une chose en venant à Paris : devenir invisible. Il ne lui avait pas fallu longtemps pour réaliser qu'ici, comme ailleurs, les opportunités ne tomberaient pas du ciel. Que les marches dégringolées ne se remonteraient pas facilement. Le point de non-retour, elle y repensait souvent. Avec des « si », elle tentait de modifier l'histoire. S'inventait un sauveur ou se donnait la force de le repousser, de lui retourner ses coups, voire de le tuer. Des ruminations qui ne lui procuraient aucun soulagement et ne faisaient que remuer le couteau dans la plaie. Son corps ne la tiraillait plus. Avec le temps, son entrejambe avait fini par cicatriser. Chaque matin, lorsqu'elle se rendait aux bains-douches municipaux – adresse recommandée par Josette – elle n'osait se regarder dans la glace. Baisser les yeux sur cette partie de son anatomie lui était insupportable. Elle avait beau la savonner à l'aveugle, la faire mousser plusieurs fois, elle lui donnait toujours l'impression d'être sale. Certaines cicatrices ne disparaîtraient pas comme ça. Certaines peurs non plus. Elsa se crispa sur son siège lorsqu'un homme prit place à ses côtés. Sur le qui-vive, elle avait appris à se réveiller subitement, tel l'effet on-off d'un interrupteur. Un premier coup d'œil lui indiqua que le bus était vide. Pourquoi choisir la proximité s'il y avait plein d'autres places ailleurs ? Le mode alerte se déclencha dans sa tête. Un deuxième coup d'œil lui permit d'examiner son reflet dans la vitre. Grand brun, look hipster, un peu négligé, appareil photo Reflex autour du cou. Un artiste ? Un voyeur ?

Un déséquilibré ? Elsa feignit de dormir pour le dissuader d'engager la conversation – technique qui, malheureusement, ne marchait pas à tous les coups – et mit ses sens en éveil pour mieux l'espionner. Point rassurant : il ne sentait pas l'alcool. Seule une odeur de cuir et de tabac froid parvenait jusqu'à ses narines. Deuxième point : ses gestes étaient lents, nonchalants, et dénotaient une certaine fatigue ou lassitude. Pas de précipitation, de main baladeuse. Le périmètre était respecté. Troisième point – essentiel : il ne semblait pas vouloir l'aborder mais plutôt manger. Elsa se détendit un peu quand le froissement d'un paquet de chips se fit entendre. Au bruit des pétales de pommes de terre qui croustillaient dans sa bouche, l'homme s'appliquait à les savourer une par une et ne s'arrêtait de mâcher que lorsqu'il prenait une photo. Elle aurait juré qu'il venait d'immortaliser le gant laissé sur le siège quelques rangées devant. Un comportement étrange, mais sûrement pas celui d'un homme sur le point d'agresser une femme. Un artiste donc. Quelques clics plus tard, le photographe se leva et prononça un « bonne nuit » grave et solennel. Une marque d'attention dont elle mit quelques secondes à réaliser qu'elle lui était adressée et qui lui fit monter les larmes. À croire que la solitude rend émotif. La solitude ou l'indifférence des gens. « Bonne nuit », répondit-elle trop tard, alors qu'il était déjà sur le trottoir. Et c'est là qu'elle s'autorisa enfin à le regarder. De ces silhouettes qui racontent une histoire. L'homme marchait le nez en l'air, cherchant la lumière des réverbères. Il avait l'air rêveur, triste, un peu perdu. Seul. Et Elsa se demanda si – un jour – elle cesserait d'avoir peur. Si elle serait capable d'avoir à nouveau confiance. En l'autre, en elle. Sur le siège d'à côté, le paquet était resté entrouvert, comme une invitation. Oubli de sa part ou compassion ? Peu importe, elle ne se fit pas prier et mit plus d'entrain que l'homme à finir le sachet. Quelques bouchées suffirent pour que son estomac vide se fasse cruellement ressentir. Comme si le simple fait de manger réveillait la faim. La soif aussi générée par le goût salé des chips. Elsa devrait patienter jusqu'au lendemain matin, qu'un petit déjeuner lui soit servi à la permanence du Samu social. Tout était histoire de self-control, de patience. La nuit allait être longue, ponctuée d'autres rencontres. D'autres peurs. On ne pouvait pas être chanceux à tous les coups. Elle reprit donc sa position de fantôme, ferma les yeux et se laissa bercer. Arrêts Jean-Zay, Jean-Moulin, Étienne-Dolet, Eugène-Beaujard, Albert-Perdreaux… Plus besoin d'écran digital, la dormeuse éveillée était capable de deviner le prochain arrêt annoncé au-dessus de sa tête. Ce défilé de noms rythmait sa nuit, comme les sous-titres d'un interminable film muet. À part l'illustre résistant, elle se demandait ce que ces gens avaient réalisé dans leur vie pour qu'on ne veuille pas les oublier. Il y avait ceux qui captaient toute l'attention, au point de les afficher partout après leur mort et il y avait les insignifiants, comme elle. Les transparents qu'on oubliait, même de leur vivant. L'inégalité du monde, du haut de ses dix-neuf ans, Elsa l'avait déjà bien expérimentée. Le monde qui divise, qui sépare. Les bons d'un côté, les salauds de l'autre, et les riens du tout qui embarrassent. Ceux qu'on ne sait pas où ranger. Elle était de ceux-là. Jusqu'à ce que l'arrêt Soleil-Levant lui redonne un peu d'espoir.

9
Combler le vide

Face au rideau de fer, Marie fit la moue. Vingt heures à sa montre. C'était encore râpé pour ce soir ! Arriverait-elle un jour à passer la porte d'entrée de cette pâtisserie – la vraie – et à rencontrer le chef ? Depuis le début de la semaine, elle n'avait eu aucun retour sur ses petits dessins. À se demander s'il les appréciait. En tout cas, il n'avait pas encore contacté la police, c'était bon signe. La veille, elle s'était montrée particulièrement inspirée – particulièrement gourmande aussi. Madame Chipie s'était fait une petite place sur l'ardoise qui désignait les gâteaux du jour. À sa grande déception, il ne restait plus de Reine de Saba et la petite dame à couettes et aux taches de rousseur n'avait pas hésité à pointer du doigt l'unique manquant de la liste, en adoptant une moue de mécontentement. Le grand chef avait-il compris le message ? Marie avait hâte d'avoir la réponse. Pour rien au monde, elle n'aurait manqué une de ces expéditions nocturnes. Un moment insolite qui contrastait avec le sérieux de ses journées et la gravité des situations rencontrées à l'hôpital. L'accueil avait été un peu chaotique lundi dernier lorsque les deux internes du service avaient eu l'air de tomber des nues en la voyant débarquer :

— Non, personne ne nous a mis au courant. Encore une idée lumineuse de la patronne… Tu viens d'où ? Tout s'explique, elle adore la Bretagne ! T'as déjà passé ta thèse ? Mais alors… tu viens comme interne ou comme cheffe ?

— Je ne sais pas vraiment… En tout cas, ma paye ne dépassera pas la vôtre.

— On te prévient tout de suite, ici ça ne fonctionne pas comme en province. Un poste de chef, ça se réserve depuis le berceau.

— Ou depuis le plumard ? avait-elle répliqué du tac au tac, en posant ses mains sur ses hanches pour appuyer ses propos.

— Pardon ?

Marie n'avait pas l'habitude qu'on la prenne de haut. Qu'on la prenne au dépourvu non plus. Et s'il y avait bien un art dans lequel elle excellait, c'était celui de la provocation.

— Merci pour l'accueil, les gars. Je retiendrai… Ouais, je suis une plouc venue du fin fond de la Bretagne et vous me direz s'il y a un endroit où je peux ranger mes bottes en caoutchouc !

Devant leur mine déconfite, Marie s'était mise à rire. Avec leurs gros sourcils noirs, leurs cheveux bien plaqués sur le côté et leur col bien repassé dépassant de leur blouse, on aurait dit Dupond et Dupont. Il ne manquait plus que la moustache et le chapeau melon. Ce n'était pas de sa faute si son statut n'était pas clair. L'expertise qu'elle rapporterait de son séjour parisien valait de l'or et les patrons de Brest et de Paris – de vieux amis de faculté – avaient bricolé les choses de leur côté. Marie n'était contrainte à rien pendant les six prochains mois. Elle aurait le privilège d'assister aux consultations et interventions de la patronne, tout en se libérant du temps pour ses cours de master class en reconstruction mammaire. Pas étonnant qu'elle attise la jalousie.

— Ne faites pas cette tête-là, les p'tits loups… Pour me faire pardonner, je me suis inscrite sur le planning de gardes aux urgences. Jours fériés, week-ends, je prends tout ce que vous voulez ! Mon petit doigt me dit que vous allez m'adorer, ajouta-t-elle en prenant un air niais de circonstance.

Mais son petit doigt ne se faisait pas d'illusion, Dupond et Dupont ne lui feraient pas de cadeaux. Heureusement que la professeure Ward – la patronne en question – s'était montrée plus accueillante. Une cinquantaine assumée, des cheveux gris qui ne cherchaient pas à se cacher, une coupe à la garçonne, un franc-parler qui ressemblait au sien. Marie s'était tout de suite sentie en confiance.

— Tu vas voir, ce qu'il y a de satisfaisant dans cette spécialisation, c'est que tu gères tout de A à Z… Tu fais l'échographie de dépistage, tu opères, tu reconstruis. J'aime l'idée de ne dépendre de personne, tu gagnes un temps fou dans la prise en charge… Au fait, je te tutoie, tu me tutoies, OK ?

— OK.

Après quelques jours d'observation, Marie comprenait mieux pourquoi le chef de Brest l'avait orientée dans ce service. La professeure Ward incarnait une sorte d'idéal. Passionnée, passionnante, accessible. Grande spécialiste de la chirurgie du cancer du sein, elle était bien plus qu'une technicienne. À l'écoute de ses patientes, elle nouait un rapport particulier avec elles – basé sur la confiance, le respect – et prenait en compte les aspects individuels de chacune pour leur proposer un traitement à la carte. Corpulence, personnalité, rapport au corps, pudeur, vie de couple, sexualité. Tout était abordé avec tact et empathie. En l'écoutant converser avec ses patientes, Marie se nourrissait de son expérience et s'imaginait, plus tard, tenir les mêmes propos derrière son bureau. Dupond et Dupont, jaloux de son traitement de faveur, l'avaient définitivement rangée dans le camp ennemi. Marie n'était donc pas la bienvenue à l'internat pour le repas du midi, ni pour l'apéro du soir. Un comble pour une ancienne présidente ! La frondeuse, pour une fois, n'avait pas cherché à se rebeller. Se mélanger aux autres internes ne lui faisait pas spécialement envie, comme si elle était en décalage par rapport à eux. Avait-elle pris un coup de vieux en l'espace de quelques jours ? Ou avait-elle juste une vision différente de la spécialité et de son plan de carrière ? Le soir en quittant l'hôpital, Marie se sentait nostalgique. La vie en communauté lui manquait déjà, avec la désagréable impression qu'elle ne pourrait jamais revenir en arrière. Elle avait beau se raisonner en se disant que sa chambre lui avait été gardée, elle ne se faisait pas à la solitude du soir. Chaque fois qu'elle poussait la porte de son studio, un sentiment d'abandon l'envahissait et toute l'énergie productive de la journée, son élan, sa fougue, s'effondraient d'un seul coup. Impossible de se raisonner, elle en oubliait les raisons de sa présence ici, sa passion pour son métier, ses perspectives futures. La seule image que lui renvoyait le miroir était celle d'une femme vieille et abandonnée. Une femme au rapport compliqué avec les hommes, vouée à rester seule.

— Allez, t'es une battante ! s'encouragea-t-elle en se donnant des baffes pour se faire réagir. Six mois dans une vie, ce n'est rien ! Rien du tout !

Quelques coups dans le punching-ball plus tard, la célibataire esseulée se sentait déjà mieux. Surtout qu'un détail venait d'attirer son attention dans un coin du miroir. Un gâteau posé sur l'unique meuble de la cuisine. Et pas n'importe lequel ! Une Reine de Saba, avec une épaisse couche de chantilly à l'intérieur et une jolie inscription sur le dessus : « Bon appétit, chère voisine ». Tout ce sucre lui donna du baume au cœur, et tels les enfants capables de passer du rire aux larmes, Marie retrouva instantanément le sourire. Maintenant qu'elle avait un gentil voisin qui pensait à elle, ce studio lui semblait moins impersonnel. Moins triste. Ce week-end, elle le passerait à améliorer son intérieur. Pour le rendre plus chaleureux, deux urgences s'imposaient : se débarrasser de son horrible matelas gonflable, grinçant et rebondissant, et trouver un rempart à ce satané miroir. Marie réfléchit à plusieurs options : déplier un grand carton et le scotcher aux quatre coins du mur, le couvrir de guirlandes lumineuses ou exploiter ses talents d'artiste en le gribouillant au feutre Velleda. Une idée qui, en plus de lui rappeler la fresque de l'internat, l'occuperait tout le week-end. Dans sa liste de courses, Marie nota donc en priorité : un lit – pliant de préférence – et un paquet de feutres. Et à côté, le reste lui semblait accessoire : table, chaise, frigidaire, four à micro-ondes. Pourquoi cuisiner, alors qu'elle avait un gentil voisin qui lui concoctait de bons gâteaux ? Acheter des choses pour les revendre six mois après ne l'enchantait pas. Comme l'idée de les transporter, à bout de bras, d'un immeuble à un autre et de les monter dans son escalier en colimaçon, aussi exigu que celui d'un phare. Mais elle n'allait quand même pas se donner des baffes tous les soirs devant la glace ! Elle devait réagir. Combler le vide autour du punching-ball et se créer un petit nid douillet. Marie posa son ordinateur sur ses genoux et commença à surfer sur le site Leboncoin. Difficile de faire le tri parmi toutes les annonces proposées. Les immeubles parisiens renfermaient une immense brocante. Limiter ses recherches au XIVe arrondissement lui sembla plus raisonnable, définir une fourchette de prix également. Et c'est là qu'elle la repéra. Une annonce postée le jour même qui attisa sa curiosité :

« Urgent. Studio à vider. Mobilier, appareils électroménagers, télévision, vaisselle, vêtements. Prix à débattre. »

Si le descriptif correspondait tout à fait à sa recherche, les photos – quant à elles – étaient un peu surprenantes. Un bocal rempli de… de crottes de souris, un morceau de tapis, un pied de chaise, une éponge posée sur l'évier, un aimant sur la porte du frigo. Pour certaines, Marie dut incliner la tête pour comprendre l'angle de vue. Plusieurs éventualités : soit le vendeur était un petit malin qui jouait la carte du mystère pour capter le regard et augmenter ses chances de vente, soit il avait un grain. Quel trouble pouvait bien se cacher derrière ces photos ? Maniaque du détail, pervers, psychopathe ? Pourquoi penser toujours à mal ? Et si c'était un artiste ? Elles étaient plutôt jolies ces photos, avec un souci d'éclairage, de mise en valeur de l'objet. Le pseudo qui accompagnait son message était tout aussi intrigant : Glenfiddich. Après quelques recherches sur Internet, aucune personne n'était répertoriée dans le XIVe arrondissement. Par contre, c'était le nom d'une grande marque de whisky. Avait-il forcé sur la bouteille pour poster des photos pareilles ? Marie sourit à cette idée. Elle n'était pas spécialement adepte des achats sur Internet – des achats tout court d'ailleurs – mais ce qu'elle appréciait dans ce site, c'étaient les rencontres qu'il générait. Comme le train. Quelquefois magiques, quelquefois décevantes. Telle une porte d'entrée dans l'univers de l'autre. N'était-ce pas un bon remède contre la solitude ? Marie aimait les surprises et elle n'avait rien à perdre à lui répondre, tout à gagner. Elle réfléchit au message à lui envoyer. Juste une prise de température pour le médecin qu'elle était :

« Bonjour, je voulais savoir si l'éponge était à vendre… Ou l'évier à la rigueur. L'un ne va pas sans l'autre, j'imagine. J'aurais aussi besoin d'un lit pliant si vous avez… avec des pieds bien sûr. Quatre de préférence. Et un paquet de feutres. J'attends de vos nouvelles. À très vite, j'espère. »

Marie sourit, satisfaite. Tout était une histoire d'angle, comme les photos.

10

Un Glenfiddich, bien glacé

Cette fille derrière le bar cherchait quelque chose manifestement. À voir ses grands yeux verts fouiner dans tous les sens et ses doigts tapoter nerveusement le comptoir. Depuis le temps qu'il travaillait ici, Guillaume avait appris à observer les clients. Pas besoin d'entamer la conversation, leur simple façon de pousser la porte, de saluer et de prendre place sur une chaise lui permettait de les classer par catégories. Il y avait les habitués – les piliers de comptoir – qui se comportaient comme s'ils étaient à la maison. La veste jetée sur le portemanteau, la tape amicale au serveur et le verre qui suivait sans qu'ils aient besoin de passer commande. À la fin du mois, ils réglaient leur note en petites coupures, de peur de se faire rouspéter par leurs femmes qui vérifiaient les relevés bancaires. Autre type de clientèle : les touristes. Et pas n'importe lesquels : les amateurs de bières et de whiskys du monde entier. Plutôt du genre bons vivants, fêtards, aimant se déplacer en bandes. Surtout les jours de match ! Si Guillaume avait avoué à son patron qu'il ne s'intéressait ni au rugby ni au foot, il n'aurait jamais été embauché. Il se contentait donc d'apprendre les dates de championnat par cœur et d'allumer ou d'éteindre le téléviseur. Cela s'arrêtait là. Pas question de commenter, ni de participer à cet élan populaire. Les joueurs de billard, eux, se faisaient plus discrets. Ils défilaient à heure fixe. La partie calée dans leur planning de la semaine, comme un cours de tennis. Et puis il y avait cette dernière catégorie : les gens de passage. Ceux qu'il ne reverrait plus. Les « one shot », comme il les appelait. Ils poussaient la porte en attendant le départ de leur train ou que la pluie cesse. Sans oublier les rencards sur les sites de rencontres. Que faisait cette fille seule au comptoir à cette heure tardive ? Elle était entrée un peu avant la fermeture et Guillaume pariait sur un rendez-vous. Sans doute était-elle en train de se demander si le grand chauve assis plus loin correspondait au play-boy qui l'avait contactée.

— Qu'est-ce que tu veux boire ?

Guillaume misait sur un mojito. Ou un cocktail sans alcool si elle voulait rester lucide. Mais lorsqu'elle lui répondit du tac au tac, d'une voix grave et assurée, toutes ses catégories se trouvèrent chamboulées :

— Un Rob Roy avec du Glenfiddich, s'il te plaît.

Guillaume fronça les sourcils comme si elle venait de lui parler dans une autre langue.

— Rob Roy…

— Whisky, martini blanc, quatre traits de liqueur

Angostura, des glaçons et une cerise à l'eau-de-vie au fond du verre, se sentit-elle obligée d'ajouter.

— Je connais, merci… Mais je ne peux pas, désolé.

— Vraiment ?

— Je ne mélange pas un si bon whisky.

Celle-ci sembla déçue mais hocha la tête comme si elle comprenait.

— Alors un Glenfiddich, seul. Bien glacé.

Tout allait tellement vite avec Internet ! Un peu plus tôt dans la soirée, Guillaume avait reçu une réponse à son annonce. Un certain Plouc du XIVe. Quand son message s'était affiché sur son téléphone, il avait dû s'éloigner du comptoir pour le relire plusieurs fois. Les rapports humains n'étaient définitivement pas son fort, surtout par écrans interposés. Alors qu'il se frottait la tempe, contrarié, Gladys ne s'était pas fait prier pour lui donner son avis :

— Ha ha ha ! Pas étonnant avec tes photos ! Je te l'avais dit : on ne comprend pas ce que tu vends.

— Ce mec se fout de ma gueule.

— Non, il a juste le sens de l'humour, c'est différent.

— Mouais… Ce site, ce n'était pas une bonne idée. Que veux-tu que je lui réponde maintenant ? Et puis c'est quoi, ce pseudo que tu m'as trouvé ?

— C'est toi qui ne voulais pas que j'indique ton nom… alors, il a fallu que j'en trouve un autre.

— Une marque de whisky ?

— Ton préféré. Quel est le problème ?

— Le problème est que t'avais raison : je suis incapable de vendre quoi que ce soit… à part de l'alcool à la rigueur.

Gladys lui avait arraché son téléphone en soupirant.

— Laisse-moi faire, Yom-Yom… Tu paries que j'arrive à te débarrasser de ton lit ce week-end ?

— Je ne parie rien du tout ! avait-il ronchonné par principe.

En apercevant la fille accoudée au comptoir, Gladys eut l'air surprise. Surprise et ravie à la fois.

— Tiens, tiens… un Glenfiddich. Très bon choix, mademoiselle ! s'enthousiasma-t-elle en ébouriffant le chignon de Guillaume, plus vigoureusement qu'à l'accoutumée.

Un rideau de mèches noires retomba sur son front qu'il balaya rageusement d'un revers de main. Un sourire amusé se dessina sur le visage de sa cliente. Sur celui de Gladys également. Et son regard fit le ping-pong entre les deux femmes avant de réaliser :

— Attends… Plouc, c'est toi ?

— Et si je comprends bien, l'éponge sur l'évier, c'est toi ?

Guillaume leva les yeux au ciel.

— Je vois que ma gentille collègue a tout organisé et que je suis le dernier au courant.

— Si je ne m'en étais pas mêlée, précisa Gladys à l'intéressée, tu aurais dû faire une croix sur ton lit. Crois-moi !

Guillaume prit un air boudeur et s'éloigna pour servir un autre client. Réaction qui aurait pu vexer la jeune femme, voire l'effrayer. Mais au contraire, les chamailleries entre les deux collègues semblaient la divertir. Elle planta ses deux coudes sur le comptoir et attendit sagement que le barman finisse de prendre la commande pour l'interroger, les yeux dans les yeux.

— Alors, cette visite ? On la fait quand ?

— Je ne sais pas.

— Après la fermeture ?

— Là, maintenant ? Tu n'as peur de rien.

— Tu travailles la nuit, je travaille le jour… ça ne nous laisse pas trop le choix. Et puis non, je n'ai peur de rien, ajouta-t-elle avant de boire son verre d'une traite.

Guillaume en resta bouche bée. La fille n'avait pas sourcillé. Pas l'ombre d'une réaction quand l'alcool était descendu le long de son œsophage. Une démonstration de force peut-être. Un défi qu'elle lui lançait. Il n'arrivait pas à définir ce qui le mettait si mal à l'aise. Son obstination ? Sa familiarité ? Son absence totale de timidité ? Ou le fait qu'il ne parvenait pas à lire dans ses pensées ? Cette fille ne minaudait pas, ne l'aguichait pas. Elle allait droit au but et ne désirait qu'une chose : lui piquer son lit, le plus vite possible ! Guillaume eut besoin d'un moment de réflexion et s'éloigna une nouvelle fois. Peut-être valait-il mieux ranger la bouteille sur l'étagère, s'il lui prenait l'envie d'être resservie. Pas question de la ramener ivre chez lui. Pas question de la ramener seule, d'ailleurs. Gladys n'avait qu'à assumer son rôle d'entremetteuse jusqu'au bout et se charger elle-même de la visite !

— Elle a l'air plutôt cool, non ? lui murmurait justement sa collègue à l'oreille, avec des airs de conspiratrice.

— Mouais… Tu lui as raconté quoi, à cette fille ?

— T'inquiète. Elle ne va pas te sauter dessus.

— Je ne pensais pas à ça ! Mais quand même, tu aurais pu me prévenir qu'elle allait débarquer.

— Ça n'aurait pas été aussi drôle ! T'as vu ta tête ? On dirait qu'elle te fait peur.

— Peur ? N'importe quoi !

— On croirait même que tu cherches à disparaître derrière le comptoir.

— Gladys, sérieusement, tu lui as promis quelque chose ?

— Oui, un lit. Et je me suis engagée à ce que tu l'aides à le transporter.

— En pleine nuit ? Mais pourquoi ? Je n'ai même pas de voiture.

— C'était plus vendeur… Et en plus, vous habitez à deux pas ! Tu pourrais faire preuve de bonne volonté, soupira-t-elle avant de faire volte-face, tout sourire, vers l'amatrice de whisky. Un autre verre peut-être ?

— Non, merci. Je crois que je vais en rester là pour ce soir. Mais je peux revenir demain si tu préfères, cria-t-elle à l'intention du barman qui lui tournait toujours le dos.

Elle avait haché ses mots comme s'il avait des problèmes de compréhension et Guillaume avait daigné enfin bouger.

— Oui, demain c'est mieux, approuva-t-il en évitant son regard.

— Ça lui laissera le temps de ranger sa garçonnière, commenta Gladys. Les canettes vides sur le canapé, les slips qui traînent. Et tout et tout.

Guillaume repoussa – gentiment mais fermement – sa collègue sur le côté. Fin de la conversation.

— Combien je te dois ? demanda la fille en lui tendant un billet.

Était-ce dans sa nature de sourire comme ça ? En permanence ? Ou le trouvait-elle amusant ?

— Non, c'est pour moi.

— J'insiste.

— J'insiste aussi.

— Merci… à demain alors. Même lieu, même heure ?

Il acquiesça. Personnellement il ne se trouvait pas amusant. Pas amusant du tout. Déprimant même.

11

Paris est une fête

À peine Elsa avait-elle pris place dans le bus qu'elle la remarqua. La pression de sa poche de veste. C'était devenu une obsession. Plusieurs fois dans la journée, elle vérifiait si elle était bien fermée. Elle n'avait pourtant plus grand-chose à voler – pas d'argent, pas d'objets de valeur – mais ce qu'elle craignait par-dessus tout, c'était de perdre son identité. La « Elsa d'avant » n'existait peut-être plus, mais sans papiers, elle savait que ce serait irréversible. Elle s'effacerait pour toujours. Réduite à néant. Elsa commença à paniquer. Le pire, c'est qu'elle n'avait rien senti. À l'heure de pointe, elle s'était noyée dans la foule de la gare. Elle avait suivi le convoi des voyageurs pressés d'atteindre le quai et s'était fait bousculer. Un des seuls moments de la journée où elle se sentait comme les autres. Libre et légère avec son gros sac sur le dos. Comme si elle touchait du doigt la normalité. Sa poche s'était sans doute ouverte à ce moment-là. Dans cet élan collectif, elle s'était accrochée à une autre. Ça arrive. Pourquoi toujours penser à mal ? Elsa inspecta l'intérieur du bus avant de s'autoriser à plonger la main dans sa poche. Son petit portefeuille était toujours là. Avec un trou béant à la place des lignes soudées de la fermeture éclair. Elle se mit à trembler de tout son long. La preuve qu'une main malintentionnée avait bien fait sauter la pression. Violé son périmètre. Elsa se recroquevilla sur elle-même et fondit en larmes. Quand cet enfer s'arrêterait-il ? Était-elle vouée à rester toute sa vie à la merci de tous ? Elle n'avait déjà plus rien qu'on s'acharnait à la dépouiller. Encore et encore. Les yeux du conducteur dans le rétroviseur croisèrent les siens puis se détournèrent pour regarder la route. C'est alors qu'elle inspira un bon coup et commença à fouiller à l'intérieur. L'inventaire des choses fut rapide à faire et lorsqu'elle constata que sa carte d'identité et son permis de conduire étaient toujours en place, elle put se détendre. Le reste avait moins d'importance. Sa carte bleue par exemple, le seul objet qui manquait. Il y avait de quoi rire jaune. Quelle utilité avait-elle sans argent sur son compte ? À se demander pourquoi elle l'avait conservée. Comme une trace du passé sans doute, au même titre que la carte de fidélité du supermarché et la photo de Pénélope. Le voleur manquait-il à ce point d'expérience pour l'avoir choisie, elle ? Seule fauchée au milieu de la foule ? Elsa poussa son portefeuille au fond de sa poche et pressa longuement le bouton pour s'assurer qu'il ne lui fasse pas défaut cette fois-ci. L'écran digital au-dessus de sa tête affichait : « Losserand-Maine ». Un arrêt qu'elle aimait bien, tout près de la rue Daguerre et du cimetière du Montparnasse. Elsa y vit un signe et bondit hors du bus, sans réfléchir. Un besoin urgent de prendre l'air et de se sentir libre. Libre et vivante ! Pour une fois, elle s'autoriserait à n'avoir peur de rien. À marcher seule dans la nuit, juste quelques minutes, avant de monter dans le bus suivant.

Elle connaissait bien le quartier. Ces quelques rues avaient un côté rassurant. Pas trop paisibles, ni trop animées. Résidentielles sans trop l'être. Le juste milieu. Elle se dit que dans une autre vie elle aurait pu être heureuse ici. Qui sait ? Peut-être aurait-elle ouvert une boulangerie et fait fortune avec ses brioches vendéennes – les meilleures de Paris. Au gré de ses déambulations, elle se retrouva justement devant la pâtisserie où elle avait eu un entretien quelques semaines auparavant. Un endroit où elle revenait souvent. Où il lui arrivait de rêver que rien n'était impossible. Elsa repensa à la fille qu'elle avait croisée l'après-midi même. Appuyée sur le rebord de la vitrine, elle l'avait surprise en pleine conversation téléphonique et n'avait eu aucun mal à la reconnaître. À sa frange châtain clair qui flottait dans les airs à chaque fois qu'elle bougeait la tête, ses grands yeux déterminés qui scrutaient les environs comme des radars, son écharpe marinière enroulée autour du cou et ses tennis en toile blanches de collégienne, nul doute, c'était bien elle. La fille de la gare. Celle qui lui avait tendu un billet après le modeste concert de Josette. Comment l'oublier ? Elle habitait sûrement le quartier et

– drôle de coïncidence – avait choisi le trottoir de cette pâtisserie pour l'animer en faisant profiter les passants des derniers rebondissements de sa vie. Troublée, Elsa s'était arrêtée pour regarder l'étalage de gâteaux. Pour écouter aussi :

« Margaux, devine où j'ai passé mon samedi après-midi ! Je te le donne en mille : dans la boutique de ton cousin ! Très sympa, vraiment. Sa femme aussi d'ailleurs. Je crois que j'ai goûté à tout… même au baba au rhum, alors que je suis censée détester ça. Et je ne sais pas si c'est le sucre ou l'alcool qui m'a remonté le moral, mais… Si, si, ça va super bien, pourquoi ? Bien sûr que je me débrouille comme une grande ! L'appart' ? Encore vide. Mais on doit me livrer un lit dans la nuit… Oui, c'est une longue histoire ! Une de ces rencontres improbables sur Leboncoin. Il est barman à l'Irish pub un peu plus loin et se débarrasse de tout un tas de trucs. Une aubaine pour moi… C'est vrai, tu vois qui c'est ? Un grand brun, pas très commode. Le monde est petit à Paris, je te jure ! Un village… J'aurais pu lui proposer de faire une visite en journée avant qu'il prenne son service, mais ça m'amusait d'y retourner ce soir après la fermeture… Vers une heure du mat', pourquoi ? Mais non, je ne risque rien ! Si tu veux mon avis, c'est plutôt moi qui ai l'air de l'effrayer… Oui, à deux pas de mon appart' et sa collègue a proposé de nous aider. Si tout va bien, cette nuit, je dors enfin dans mon lit ! Enfin son lit ! Enfin sans lui !… Ha ha ha ! Ne fais pas exprès de m'embrouiller, tu m'as très bien comprise. »

Elsa avait souri et la fille s'était tournée vers elle,

surprise. Elle ne paraissait nullement gênée d'avoir été écoutée, au contraire, elle avait éloigné son téléphone de son oreille et lui avait lancé sur le même ton enjoué :

— C'est dur de choisir, hein ?... N'hésite pas à entrer. C'est encore mieux avec les odeurs ! Raphaël, le pâtissier, saura te conseiller. La Reine de Saba, c'est de loin mon préféré, avait-elle ajouté en ponctuant sa phrase d'un clin d'œil avant de reprendre le fil de sa conversation :

« Margaux ? Tu m'entends ? Faut que je demande à Raphaël de m'engager les week-ends comme conseillère clientèle. Je ferais un carton ! »

Elsa s'arrêta devant le rideau de fer et se remémora les différents gâteaux exposés dans la vitrine. Un exercice cruel pour son estomac vide. Elle n'avait pas osé entrer. Le pâtissier – qui avait désormais un prénom – se serait-il souvenu d'elle ? Plusieurs fois, elle s'était imaginée s'excuser, l'avertir qu'elle avait changé de numéro de téléphone, qu'elle était toujours intéressée pour le poste. Le courage lui manquait. L'assurance aussi. Et cette fois encore elle avait passé son chemin, trop intimidée par cette fille. À chaque fois qu'elle la croisait, cette même impression de joie simple et de force inébranlable. Avait-elle eu spécialement de la chance dans la vie pour paraître aussi heureuse ? Ou était-ce dans sa nature ? Une histoire de caractère, de génétique. Peut-être les deux à la fois. À l'entendre, Paris était une fête. Une fête de village où l'on pouvait tout se permettre. Même se faire livrer un lit en pleine nuit ! Pourquoi – à son niveau – avait-elle l'impression inverse ? Sa vie – à elle – était loin de ressembler à une boîte de chocolats. Une boîte à emmerdes plutôt. À sa gauche, un bruit de pas attira son attention et Elsa eut juste le temps d'atteindre l'immeuble voisin pour se plaquer contre la porte et rester hors de vue. En se penchant pour ne faire dépasser que la tête, elle n'en crut pas ses yeux. « Paris est une fête », bredouilla-t-elle pour essayer de se convaincre. « Une fête de village. » À quelques mètres, un sommier flottait au-dessus du trottoir et avançait vers elle. À la tête du convoi, un homme. Le grand brun pas très commode, apparemment. Pourtant, à la lumière du réverbère, il avait l'air plutôt sympathique.

— C'est ici ? demanda-t-il en s'immobilisant devant la porte jouxtant la pâtisserie.

— Ouf, on est arrivés ! J'en peux plus… Prem's aux toilettes !

La fille lui lança son trousseau de clefs qu'il attrapa au vol.

— Rassure-moi, tu n'habites pas au dernier étage ?

— Non, au premier. Mais ne te réjouis pas trop vite, attends de voir l'escalier !

— Vive Leboncoin, soupira-t-il en ouvrant la porte.

Un rire grave se fit entendre juste derrière. Un de ceux qui n'avaient peur de rien et qui provoquaient instantanément le sourire autour de lui. Et celle cachée un peu plus loin, celle qui avait tout perdu – ou presque –, se surprit à plisser les lèvres aussi.

12

Maudit Leboncoin !

Dans la rue, ils essayaient de marcher le plus vite possible. Guillaume devant, Marie derrière. Plusieurs allers-retours étaient prévus : le sommier d'abord. Le matelas après. Trois rues, deux virages, quelques centaines de mètres. Vive Leboncoin ! À cette heure avancée de la nuit, la voie était libre – à part quelques chats qui rasaient les murs et quelques voitures qui traçaient leur route. On aurait dit deux cambrioleurs maladroits, qui zigzaguaient sur la chaussée et parlaient fort, comme s'ils voulaient réveiller tout le quartier.

— Ça va derrière ? s'inquiéta Guillaume, sentant le convoi ralentir brusquement.

— J'ai la tête dans le matelas, j'ai failli m'étaler sur le trottoir, je ne sens plus mes bras… Et pour couronner le tout, j'ai envie de faire pipi. D'autres questions ?

— Non, pas de questions !

— Moi, j'en ai une : pourquoi te débarrasser de

toutes tes affaires ? Tu déménages à l'autre bout du monde ?

— Je ne sais pas encore. Mais je vais examiner l'idée.

— T'es compliqué comme garçon… Si je te prends ton lit, tu vas faire comment ?

— Je te retourne la question. Comment tu fais, toi, en ce moment ?

— Je campe.

— Voilà, bonne idée. Je vais camper.

Marie soupira.

— Tu ne me dis pas tout, Glenfiddich, je le sens.

— Arrête de causer et porte !

— Et toi, marche moins vite, je n'ai pas tes jambes !

— Faut savoir ce que tu veux.

Comme convenu, la fille s'était présentée à la fermeture de l'Irish pub avec la même assurance que la veille. Guillaume s'était vite réfugié à l'extrémité du bar, laissant à Gladys le soin de s'en occuper. Mais sa collègue avait autre chose à faire, préférant finir sa tournée assise à une table, à siroter une bière et à papoter avec les joueurs de billard. Combien de temps allait-il pouvoir continuer à l'ignorer ? Même les clients au comptoir l'avaient remarquée.

— Y a une nana qui te fixe depuis tout à l'heure. Je pense qu'elle a soif.

— Ouais, je sais.

Était-elle à ce point pressée pour ne pas prendre le temps d'ôter son bonnet et son écharpe ?

— Bonsoir, avait-elle crié en levant la main dans sa direction, comme si elle voulait réveiller un mort.

Et le mort – qui ne pouvait plus faire semblant de l'être – s'était approché nonchalamment avec sa mine des mauvais jours.

— Bonsoir… Je te sers quelque chose ?

— Non, merci. Je préfère garder les idées claires.

Il avait haussé les épaules en se demandant où elle voulait en venir puis s'était éloigné. La fille n'avait pas sourcillé, au contraire elle avait semblé trouver ça amusant. Drôle de spécimen ! Guillaume avait continué à l'observer du coin de l'œil, de plus en plus intrigué. Comptait-elle attendre la fermeture pour revenir à la charge ? Ou allait-elle finir par se lasser ? À moins qu'un de ses habitués – le plus insupportable de tous – ne précipite son départ ?… Guillaume avait vu le petit homme trapu et bedonnant se rapprocher dangereusement. À force, le barman connaissait sa technique par cœur : d'abord les paroles – des propositions de plus en plus insistantes –, puis la phase des mains baladeuses et de la grosse bouche pâteuse qui ventousait le vide comme une carpe affamée. Combien de fois avait-il dû intervenir ? Il se préparait à jouer les sauveurs quand il avait réalisé que la fille n'avait pas besoin de lui pour se défendre. Sa façon de le rembarrer sans le vexer, de le repousser – fermement et efficacement. Sa façon d'en plaisanter après coup, en prenant à partie ses voisins de comptoir. Elle donnait l'impression d'avoir fait ça toute sa vie. Au tour de Guillaume de la fixer, d'un air médusé. Avait-elle grandi dans un bar ? Il se demandait bien quel métier elle pouvait exercer pour avoir une telle assurance. C'était sûrement le genre de femme à diriger une équipe, à donner des ordres et intimider les autres. Le genre de femme à fuir comme la peste, mais dont Gladys raffolait. Sa collègue venait d'ailleurs de remarquer sa présence et se dirigeait vers eux à grandes enjambées. C'est à cet instant que Guillaume avait compris qu'il était cuit. Gladys n'avait pas tardé à le chasser du bar, en lui assurant qu'elle était assez grande pour mettre les clients dehors. Il n'en doutait pas.

— À demain. Amuse-toi bien ! avait-elle osé lui crier.

Et le voilà sur le trottoir en compagnie d'une parfaite inconnue – ou presque. Tout ce qu'il savait d'elle, c'était qu'elle appréciait le Glenfiddich bien glacé, qu'elle se défendait plutôt bien et qu'elle n'était pas rancunière.

— Au fait… moi, c'est Marie.

— Guillaume.

Elle lui avait tendu la main, d'un air « on rembobine tout et on reprend à zéro », puis lui avait écrasé les doigts.

— C'est à droite ou à gauche ? avait-elle demandé, comme si c'était convenu qu'ils partent ensemble. (Il était resté en plan, pas certain de vouloir avancer.) Si ça te gêne, je peux faire demi-tour…

Et il avait répondu sur la défensive :

— Gêné pourquoi ?

— Je ne sais pas. Peut-être que tu n'as pas eu le temps de ranger les canettes de soda…

Elle n'avait pas osé parler des slips, c'était déjà ça.

— J'habite juste au coin de la rue, avait-il soupiré en lui désignant la direction à prendre.

Maudite soit Gladys de ne pas l'accompagner sur ce coup-là ! Maudit Leboncoin ! Dans quelle galère était-il en train de s'embarquer ? C'était peut-être sa technique de drague habituelle ? Trouver une cible sur Internet et ne plus la lâcher. Et s'il était tombé sur une nymphomane ?

— C'est la première fois que tu… réponds à une annonce ? avait-il tenté de se rassurer, une fois arrivés dans le hall de l'immeuble.

— Non, j'ai des rencards tous les soirs.

— Sérieusement ?

Elle avait ôté son bonnet et secoué ses cheveux dans tous les sens, comme si elle sortait de la douche. Puis elle avait ri, fière de sa blague, et il avait regretté d'avoir posé la question. Regretté de l'avoir amenée jusque-là. Mais c'était trop tard, elle avait déjà pris l'initiative d'appuyer sur le bouton de l'ascenseur.

— Tu habites à quel étage ?

— Au sixième, sous les toits.

Nouveau sourire insolent.

— Pratique pour déménager ! Surtout qu'on ne doit pas faire entrer grand-chose dans cette boîte à sardines !

Le nez au-dessus de sa frange, Guillaume avait réalisé qu'elle n'était pas si impressionnante que ça. Petite et menue en vérité. Un écart de sa part et elle ne serait pas difficile à chasser. Un écart… Mais en l'observant fouiner un peu partout dans son appartement, il n'était plus sûr de rien. Surtout quand la tornade s'était mise à toucher à tout dans sa cuisine, comme ce bocal qu'elle secouait d'un air dégoûté.

— Petite question : il y a quoi à l'intérieur ?

— Petite réponse : je ne suis pas sûr que tu sois venue pour ça.

— Ça m'intrigue, c'est tout. Je l'avais déjà remarqué sur les photos. Tu collectionnes les crottes de souris ?

— Quoi ?

Il en était sûr maintenant, cette fille prenait un malin plaisir à le déstabiliser.

— Tu ne trouves pas que ça y ressemble ?

Il s'était affalé dans son canapé en soupirant :

— Non.

— Moi, je collectionne bien les étiquettes de bouteilles. De whisky, par exemple.

— Ce sont des graines… des graines de chia. Apparemment, tu es la seule fille à ne pas connaître.

— Merci, je le prends comme un compliment ! Je me disais bien qu'il devait y avoir une fille derrière tout ça… Mettre des spaghettis dans un bocal, il n'y a qu'une nana pour faire ça, tu n'es pas d'accord ?

Surpris par sa remarque, Guillaume avait réussi à éluder la question.

— Alors, tu te décides ?

— J'embarquerais bien ton lit pour commencer… mais tu ne m'as pas donné le prix.

— La tranquillité n'est pas quelque chose qui se monnaye.

— C'est-à-dire ?

— Tu me donnes ce que tu veux.

— Vraiment ? C'est quoi, l'arnaque ? Il y a une bombe sous ton lit ?

— Oui… et un monstre dans le frigo.

La fille s'était laissée tomber à ses côtés et avait grimacé en sentant les ressorts lui piquer les fesses.

— Ce canapé, en tout cas, je te le laisse !

Elle avait posé ses pieds sur la table. Ou plutôt ses tennis blanches qui ne l'étaient plus vraiment. Elle était restée silencieuse un moment – sérieuse même.

— Glenfiddich, il t'appartient vraiment ce studio ? Je sens le canular.

— Disons que j'ai besoin de tourner la page.

— Et ce n'est pas plus facile avec quelques sous en poche ? J'ai connu plus doué comme vendeur.

— Ouais, je sais.

C'est alors qu'elle s'était retroussé les manches.

— Bon, on commence par quoi ? Le sommier ou le matelas ?

DEUXIÈME PARTIE

Aube

« Nul ne peut atteindre l'aube sans passer par le chemin de la nuit. »

Gibran Khalil GIBRAN

13

Les miroirs feraient bien de réfléchir un peu plus

La sensation était si agréable que Guillaume n'osa plus bouger. Même pas d'un millimètre. Depuis quand ne s'était-il pas laissé bercer de cette façon, les orteils en éventail ? Il était assis sur un drôle de coussin qui lui donnait l'impression d'avoir les fesses dans l'eau. Une sorte de donut géant qui dérivait au vent – doucement mais sûrement. Cette piña colada sirotée à la paille était – de loin – la plus exquise qu'il eût jamais goûtée. Onctueuse, sucrée sans trop l'être. Il se rappelait pourtant ses a priori sur les cocktails de fille et sa résolution de ne plus boire d'alcool. Un vague souvenir qui se précisa peu à peu jusqu'à entamer son plaisir et faire tout basculer. À croire qu'il faut toujours une incohérence pour se réveiller d'un rêve – bon ou mauvais – et nous raccrocher à la réalité. Guillaume cligna des yeux et se redressa sur ses coudes. Le ciel azur des Caraïbes venait de laisser la place aux volutes de nuages stagnant au-dessus du cimetière du Montparnasse. Un dégradé de gris et de rose qui n'avait rien à envier à l'autre. Une femme, en contre-jour, se tenait debout devant la fenêtre, les mains posées sur ses hanches fines. Une femme déterminée, matinale et anormalement silencieuse. Legging de sport, bandeau soulevant sa frange, elle s'apprêtait manifestement à partir. À partir en courant même ! Le temps de se repasser le film de la nuit dernière, Guillaume se dérida un peu. Cette femme, c'était Marie. Elle n'avait rien à lui reprocher, plutôt de quoi le remercier. L'avait-elle fait d'ailleurs ? Comment ça s'était fini ? Il ne se souvenait plus vraiment. Allongés sur leurs matelas respectifs, ils avaient dû discuter sagement jusqu'à épuisement, comme de vieux copains qui se connaissaient depuis toujours. Alors qu'ils se voyaient pour la première fois – ou presque. Guillaume n'en revenait pas. Pas une fois il ne s'était posé la question de rentrer chez lui. Pas une fois. Ce n'était pas banal quand même.

— On pose ! avait-elle crié une fois arrivés sur le palier, avant de lâcher précipitamment le matelas et de courir vers l'intérieur. Prem's aux toilettes !

Alors qu'il poussait lui-même l'objet au milieu de la pièce, Guillaume s'était rendu compte que – dans la précipitation – elle n'avait pas pris la peine de fermer sa porte. Oubli de sa part ou pure provocation ? Pourquoi penchait-il pour la seconde option ? Sans compter que la cascade ne se tarissait pas et qu'il sentait ses joues rougir stupidement. Combien de litres avait-elle bus avant de venir ? Question qu'il n'avait même pas dû lui poser.

— J'ai une vessie de vache, avait-elle lâché depuis son trône. J'emmagasine, j'emmagasine, et puis…

— J'ai compris la comparaison, merci !

— Alors ? Comment tu trouves mon palace ?

En reculant, il s'était cogné la tête contre le punching-ball qui pendait au plafond et avait réalisé qu'il n'était pas au bout de ses surprises. Marie s'était moquée de lui en le voyant grimacer et redresser son chignon au-dessus de son crâne.

— Pas trop sonné ?

Il s'était regardé dans le miroir – démesurément grand pour la pièce – et avait haussé les épaules au milieu des mouettes dessinées tout autour. Sur la gauche de la glace, un phare perché au-dessus d'une falaise avait été tracé au feutre. Le trait était précis, comme si la main au bout du stylo connaissait parfaitement le décor qu'elle reproduisait. En contrebas, les vagues venaient fouetter la roche ; sur la droite, une grande plage de sable fin et, de part et d'autre de son visage, ces drôles d'oiseaux rieurs qui planaient en étalant leurs ailes.

— C'est le phare du Kador, à Crozon, précisa Marie en s'approchant de lui. Il y a peu de temps, j'ai appris qu'il appartenait à mon meilleur ami… Un secret qu'il m'avait caché.

— On a tous nos secrets.

— J'adore cet endroit.

— Tu viens de Bretagne ?

— Oui, tout droit de Plouzané, à côté de Plougonvelin. Non loin de Ploumoguer et de Plouarzel. D'où mon pseudo de Plouc sur Leboncoin, avait-elle répondu d'une traite devant le regard amusé de Guillaume.

— Pourquoi avoir dessiné sur ce miroir ?

— Pour ne plus voir ma tronche !

Guillaume avait hoché la tête comme s'il comprenait.

— « Les miroirs feraient bien de réfléchir un peu plus avant de renvoyer les images », avait-il ajouté d'un ton grave. Je pense souvent à cette phrase.

— De qui est-ce ?

— Jean Cocteau.

Marie avait fait la moue et Guillaume s'était demandé quelle perception elle avait d'elle-même. Était-elle vraiment aussi fantasque qu'elle le laissait paraître ? Ou était-ce une carapace ?

— Glenfiddich, merci de relever le niveau !

— Pas difficile après la vessie de vache.

— Ha ha ha ! Je te l'accorde. Tu as faim ? Voyons ce que je peux t'offrir pour te remercier de cette livraison express. Pourquoi pas quelques tranches d'andouille arrosées de « Gobe-mouches ».

— Pardon ?

Guillaume, intrigué, ne s'était pas fait prier. Ils avaient mangé par terre, assis en tailleur face à face, tassés contre la porte d'entrée. S'il avait accepté l'andouille – apprécié même –, il avait décliné le verre.

— Ça ne se refuse pas ! avait-elle insisté plusieurs

fois. Allez, juste une goutte ! Je te défie de trouver ce qu'il y a à l'intérieur !

— De l'eau de Plancoët apparemment et une substance marronnasse qui ne me dit rien qui vaille. Comme son nom d'ailleurs… Comment tu appelles ça, déjà ?

— Du « Gobe-mouches »…

— Je vais finir par trouver ça louche, ton histoire. Si tu veux m'endormir pour…

— Pour faire des folies avec ton corps ?

Devant l'air renfrogné de Guillaume, Marie s'était excusée. Elle avait même enchaîné plusieurs verres, cul sec, pour lui prouver que le cocktail n'était pas empoisonné.

— Mollo, mollo, j'ai compris… Garde les idées claires, comme tu le dis si bien.

Guillaume se souvenait de tout maintenant. De ses gants *Wonder Woman* et sa démonstration de boxe surréaliste. De leur petit tour au rez-de-chaussée pour goûter aux fameuses pâtisseries. De ses petits dessins enfantins laissés sur le comptoir. De son débit de paroles intarissable, son franc-parler, son humour gras. De son hoquet interminable qui n'avait cessé qu'au moment où elle s'était allongée sur le lit – le sien désormais. Tout ça, en une seule nuit ? Guillaume chercha le détail improbable. Celui qui sous-entendrait qu'il avait rêvé. Mais non. Il était bel et bien tombé sur un phénomène. Une Gladys en plus déjantée, trouvée sur Internet. Lui qui fuyait les rencontres, qui fermait les portes de son univers à double tour, qui ruminait seul dans son coin. Il se retrouvait avec une nouvelle amie encombrante. Qu'allait-il faire ? La revoir ? L'ignorer ? Vu le personnage, il valait mieux la laisser en décider. Ce matin, Wonder Woman paraissait beaucoup plus calme en tout cas. Pas très encline à discuter. Cherchant même à filer en douce.

— Ça t'arrive de dormir ?

La joggeuse sursauta et se tourna vers lui.

— Ah ! Tu es réveillé.

— Tu es vraiment sûre d'avoir besoin d'un lit ? Les grasses mat', ça n'a pas l'air d'être ton truc.

— J'ai besoin de courir un peu pour me décrasser. Surtout fais comme chez toi ! Tu te sers dans le… Ah, non, je n'ai pas encore de frigo.

— Dans mon souvenir, tu n'avais pas grand-chose. À part peut-être cette fameuse bouteille.

Elle grimaça et, pour la première fois, il la sentit gênée.

— Alors sauve-toi, Glenfiddich, ça vaut mieux… Le « Gobe-mouches » au petit déjeuner, je déconseille !

Il sonda son regard comme s'il attendait qu'elle lui donne une autre raison, avant de lâcher d'une voix enrouée :

— Je crois que ça vaut mieux en effet.

14

Parce qu'on ne sait jamais

En ce début du mois de décembre, l'aube se faisait de plus en plus attendre. Parfois, les nuages opaques restaient accrochés aux immeubles, donnant l'impression que le jour ne se lèverait jamais. L'infini du ciel au-dessus de sa tête, Elsa réalisait aujourd'hui son importance. Gage de sécurité, espoir de vie meilleure. Elle avait appris à guetter les premières lueurs du jour qui l'autoriseraient à mettre le nez dehors. Mais ce matin-là, elle n'était pas décidée à descendre du bus. La joue appuyée contre la vitre, elle suivait des yeux les grappes roses qui tapissaient les toits, en se disant qu'elle détestait le rose. Qu'elle détestait sa vie. Et surtout le dimanche ! Quel jour cruel de pointer sans vergogne les inégalités entre les gens. Seuls les enfants et les travailleurs pouvaient se réjouir de cette cassure de rythme dans leur quotidien. Pour eux, chaque week-end était vécu comme une récompense, les rapprochant un peu plus des vacances.

Mais les autres ? Les oubliés. Ceux qui n'avaient pas accès aux joies du dimanche. Ceux-là étaient réduits à l'ennui et à la solitude. Elsa laissa courir son doigt sur la fenêtre froide et, au milieu de la buée, traça un douloureux point d'interrogation. Comment allait-elle occuper les prochaines heures ? En l'espace de quelques jours, une baisse des températures s'était fait sentir et rester dehors était devenu une épreuve. Après un passage éclair aux bains-douches municipaux pour laver, réchauffer et détendre son corps engourdi de la nuit, Elsa se résolut à prendre le chemin du cimetière du Montparnasse. Un endroit, hors du temps, où elle avait pris l'habitude de se réfugier chaque dimanche. Elle appréciait son silence et la sécurité qui y régnait. Son défilé de promeneurs, de touristes, de bouquets de fleurs. Elle avait trouvé une tombe un peu excentrée, près du mur d'enceinte, avec une étonnante bouée de sauvetage blanche et bleue posée sur le dessus. Au début, elle avait pensé à un marin breton échoué à Paris. Mais lorsqu'un homme en imperméable s'était approché pour les prendre en photo – la tombe, la bouée, elle par la même occasion –, Elsa avait compris qu'une célébrité devait y être enterrée.

— Désolé, je ne voulais pas vous faire peur, s'était excusé l'homme, la voyant se redresser subitement. Je suis un grand admirateur du poète.

— Du poète ?

— Robert Desnos.

— Bien sûr.

— Vous savez pourquoi cet objet a été déposé sur la stèle ? (Elsa secoua la tête.) Cela fait référence à un de ses poèmes : « Vous mettrez sur ma tombe une bouée de sauvetage, parce qu'on ne sait jamais. » Cocasse, non ?

— Là où il est, j'ai peur qu'elle ne lui serve plus à grand-chose.

L'homme avait haussé les épaules.

— Et dire que ce génie redoutait de tomber dans l'oubli après sa mort, vous vous rendez compte ?

— Oui, un peu, avait-elle grimacé, alors que le promeneur s'éloignait déjà vers les tombes suivantes.

Bien sûr qu'elle s'en rendait compte ! Elsa avait eu envie de le retenir. De lui expliquer à quel point elle aussi avait peur de sombrer dans l'oubli – même de son vivant –, mais elle s'était tue. Elle avait repris sa position : tête fléchie sous la capuche, genoux serrés contre sa poitrine, et attendu que les minutes s'égrènent. Position qu'elle reproduisit ce matin-là pour faire rempart contre le froid. À la différence près qu'elle opta pour la tombe d'à côté pour être plus tranquille. Combien de temps allait-elle tenir ? Elle sentait déjà son corps se paralyser et se faire grignoter peu à peu. La semaine prochaine, elle se trouverait un nouveau poste dominical. Plus chaud et plus confortable. Pourquoi pas le hall d'un hôpital ? Ou le banc d'une église pour rester au milieu des croix ? Elle tenta de se rassurer : jusqu'ici, la douleur restait supportable. Une morsure chaude enserrant ses doigts puis gagnant lentement du terrain. Le bout de son nez, ses orteils. Quand elle aperçut la fille un peu plus loin, elle pensa que son cerveau suivait le même chemin. Une apparition sans doute. Elle souleva sa capuche pour mieux l'observer. Non, la fille était bien réelle et s'approchait d'une étrange manière. Des pas chassés entrecoupés de petits bonds sur place, les bras en l'air. La même qui abordait les passants devant la pâtisserie et s'amusait à transporter des matelas au beau milieu de la nuit. Dans une tenue de sport cette fois, coiffée d'un bandeau et d'un gros casque audio. Que faisait-elle dans ce cimetière de si bon matin ?

— Bonjour, l'aborda-t-elle une fois à sa hauteur. Je ne sais pas si on a le droit de courir dans un endroit pareil, alors je fais quelques exercices… On s'est déjà vues, non ? Une impression, comme ça. Tu habites le quartier ? (Elsa hésita un moment puis acquiesça en détournant le regard.) Je me suis réveillée avec l'envie de saluer mes voisins. J'habite juste en face. Je vois leurs croix depuis ma fenêtre… Je cherche Robert Desnos, tu ne l'aurais pas vu ? Il doit être dans ce coin-là. (Elsa désigna la bouée du doigt avec un demi-sourire.) Ah, merci ! Tu es venue pour lui aussi ?

— Pas spécialement. Le coin est tranquille, c'est tout.

— C'est vrai qu'elle est plutôt discrète, cette tombe. La gravure sur la pierre a pratiquement disparu. Si certains n'avaient pas déposé ces petits cailloux pour retracer les lettres, on ne verrait même plus son nom. C'est triste… Je me souviens encore du poème que j'avais appris en primaire, c'est dingue, non ?

— Lequel ?

La fille inspira un bon coup et fronça son nez en réfléchissant.

— Attends voir : « Une fourmi de dix-huit mètres,

avec un chapeau sur la tête, ça n'existe pas, ça n'existe pas…

— Et pourquoi pas ? » ajouta Elsa sans réfléchir.

— Tu te rappelles aussi ?

— Oui, vaguement. La fin.

La fille sourit puis reprit ses petits sauts en soufflant dans ses mains.

— Bon, je te laisse… je suis gelée ! Je ne sais pas comment tu fais pour rester sans bouger !

Elsa cacha ses doigts rougis entre ses cuisses et la salua d'un signe de tête. La joggeuse parut hésiter un instant puis finit par s'éloigner. Plusieurs fois, Elsa eut l'impression qu'elle tournait la tête dans sa direction comme si elle était intriguée. Par ses habits d'homme sans doute ou son gros sac posé par terre. Elsa repensa aux propos qu'elle avait entendus la veille : « Le monde est petit à Paris, je te jure ! Un village… » Étonnante voisine qu'elle n'arrêtait pas de croiser. Étonnante manière d'aborder les gens, sans retenue, sans pitié. Sans faire de différence. Devait-elle y voir un signe ? Cette tombe, ce n'était pas un hasard. Peut-être l'avait-elle choisie finalement…

Voilà ce dont elle avait besoin.
D'un poème pour lui ressasser
que ça n'existait pas la fatalité.
Ça n'existait pas le malheur éternel.
D'une bouée de sauvetage pour s'accrocher à la vie.
De petits cailloux pour ne pas s'effacer.
Parce qu'on ne sait jamais.
On ne sait jamais.

15

Double facette

Marie se mit à courir à toute vitesse et à slalomer entre les gens pour calmer sa colère. Ce qu'elle pouvait être naïve parfois ! Face au miroir, elle n'aurait pas hésité à se donner des baffes, mais en pleine rue c'était plus difficile. Elle n'arrivait pas à définir ce qui l'irritait le plus : son manque de jugement ou son indifférence au malheur des autres ? Ou les deux à la fois ? Comment avait-elle pu croire une minute que cette fille s'était rendue au cimetière pour faire du tourisme ou parler littérature ? Une gamine en plus, qui avait sans doute fugué de chez elle et qui grelottait, son gros sac à ses pieds. Et dire qu'elle avait passé son chemin comme si de rien n'était, en prenant les allées du cimetière pour une piste d'athlétisme ! Pourquoi fallait-il toujours qu'elle fasse le guignol ? Était-ce un moyen inconscient de se voiler la face ? D'échapper à la réalité des choses ? D'ailleurs, n'était-ce pas ce qu'elle avait fait la nuit dernière ? Amuser la galerie ? Au début, le barman de l'Irish pub s'était montré si distant que Marie s'était sentie obligée de lui sortir le grand jeu : démonstration de boxe, de zumba, de dessin, dégustation d'andouille... Elle s'en était donné du mal pour dissiper la gêne de se retrouver face à lui ! Sans parler des mensonges qu'elle avait inventés quand ses questions étaient devenues trop personnelles. Quel métier s'était-elle attribué déjà ? Marie ne s'en souvenait plus. À croire que les verres de « Gobe-mouches » avaient effacé certains détails de sa mémoire. Une habitude qu'elle avait prise : ne jamais révéler sa spécialité lors d'une première rencontre. Trop de jugements et d'a priori. Trop de curiosité mal placée. Même si Guillaume lui avait donné le sentiment inverse. Plutôt introverti et mystérieux, il lui avait fait penser à son ami d'enfance, Gabriel. Avec la même pudeur et retenue dans sa manière de parler, de se déplacer, de la regarder. On aurait dit qu'il faisait tout pour garder ses distances. Et pourtant, il était resté. Toute la nuit même, en conservant la même ligne de conduite : écoute passive, interrogations rares et ciblées, sans une once de séduction. À son réveil, Marie avait eu du mal à cacher son étonnement de le trouver toujours là. Réaction qu'il avait peut-être mal interprétée. En y repensant, ne lui avait-elle pas conseillé de se sauver ? Après plusieurs tours du quartier à cogiter, la joggeuse commençait à le regretter. Et si Guillaume était l'ami idéal à embêter – torturer même – pendant les six prochains mois ? La nuit dernière venait de le lui prouver. La prochaine fois, il faudrait trouver une autre excuse qu'un lit à déménager pour le faire monter. Un frigidaire par exemple. Cette perspective lui redonna le sourire et elle entreprit de faire demi-tour pour rattraper ses différents faux pas de la matinée, en commençant par la fille du cimetière. Pourvu qu'elle puisse se racheter en lui proposant d'aller boire un café ou en lui apportant quelque chose à manger. Pourvu qu'elle accepte de la suivre. Mais quand elle repéra Robert Desnos – fidèle à son poste –, c'était trop tard. La fille avait déserté la bouée. Un dimanche mal commencé est un dimanche fichu, pensa-t-elle en regagnant son appartement. Et comme une déception ne survient jamais seule, Guillaume lui aussi s'était sauvé. Sans un mot. Vivement lundi !

S'il y avait un endroit où Marie se sentait à sa place, c'était à l'hôpital. Et aussi étrange que cela puisse paraître, elle s'y comportait très différemment qu'à l'extérieur. La comique de service disparaissait automatiquement dès qu'elle enfilait sa blouse. Ses amis les plus proches – même ceux connus à la faculté de médecine – la côtoyaient rarement dans sa spécialité et n'avaient pas vraiment eu l'occasion de s'en rendre compte. À part peut-être Marie-Lou et Anna, dont elle avait suivi les grossesses. Contrairement au côté fantaisiste qu'elle donnait à sa vie personnelle, Marie était une soignante posée et sérieuse qui ne prenait aucune décision sur un coup de tête. Qui savait même reconnaître ses limites et partager ses inquiétudes dans les situations difficiles. Une personnalité à double facette à laquelle elle s'était parfaitement habituée. Y avait-il une facette plus artificielle que l'autre ? Ou était-ce sa manière de trouver un équilibre ? Extravagante dans la vie pour compenser ses lourdes responsabilités à l'hôpital ? En tout cas, c'était sa facette de fourmi travailleuse dont elle tirait le plus de fierté. Elle savait que cette facette-là l'emmènerait loin et ne la décevrait jamais. N'était-ce pas celle qui l'avait conduite jusqu'ici ? Celle que la professeure Ward appréciait ? À tel point que, dès le lundi suivant, elle lui avait proposé son propre créneau de consultations. Certains suivis simples après chirurgie de cancer du sein que Marie gérerait seule, en concertation avec sa cheffe de service. La Brestoise avait donc vu – en l'espace d'une semaine – son poste d'observatrice se transformer en poste à responsabilité. Et ce n'était pas ce nouveau défi qui allait l'effrayer, bien au contraire !

— La professeure Ward m'a demandé de vous voir en consultation pour vous expliquer les différentes méthodes de reconstruction de votre sein après l'opération, expliqua-t-elle à Mme Tourtier, sa première patiente.

À sa demande, la jeune femme venait de lui relater son parcours. Le téton flétri remarqué un matin en se regardant dans la glace, la mammographie puis l'annonce qui avait suivi. On voyait qu'elle avait l'habitude de raconter les faits avec détachement, en mettant de côté son ressenti personnel. Quand Mme Tourtier s'était assise face à elle, Marie avait été impressionnée par la simplicité avec laquelle elle avait ôté son bonnet et découvert son crâne chauve. Ses grands yeux bruns surlignés de khôl, son rouge à lèvres carmin et ses créoles scintillant à ses oreilles attiraient tellement le regard qu'on oubliait presque l'absence de cheveux sur sa tête.

— Je veux bien vous écouter, répondit la patiente avec une moue incrédule, mais je pense avoir déjà pris ma décision.

— Vraiment ?

— J'ai eu mon compte d'opérations, de blouses blanches… Désolée, ne le prenez pas mal ! (Marie secoua la tête pour la rassurer.) J'ai envie de m'accepter comme je suis. Avec ce corps asymétrique… Ma blessure de guerre, en quelque sorte.

— Je comprends… Je ne vous parle pas de prothèses alors, ni de transplantation de muscles.

— Non, surtout pas !

— Ni de prothèses externes à mettre dans le soutien-gorge ?

— Un soutien-gorge ? Je n'en portais déjà pas avant, je ne vais pas commencer maintenant ! s'indigna Mme Tourtier ; et sur ce point, Marie ne pouvait pas la contredire.

— J'admire votre façon de prendre les choses.

— Vous savez, ce satané cancer m'a appris à me détacher de mon apparence et à me concentrer sur l'essentiel. Maintenant, l'urgence de vivre prime sur tout le reste : mes peurs et ma timidité. J'ai une soif de nouveautés, de rencontres, de changements dans ma vie… Je veux oublier l'hôpital, le plus possible.

— Et quelles résolutions avez-vous prises pour l'année qui vient ?

— M'inscrire à un cours de pole dance, changer de mec, me teindre les cheveux quand ils auront repoussé et déménager…

— Tout ça ?

Mme Tourtier fit la moue.

— Oui, mais je ne sais pas encore dans quel ordre.

— Vous n'allez pas vous ennuyer !

La femme sourit et commença à déboutonner sa chemise pour dévoiler sa cicatrice.

— Je ne souhaite pas de nouveau sein mais il y a bien quelque chose qui me ferait plaisir. Histoire de faire la paix avec cette blessure de guerre… Peut-être allez-vous pouvoir m'aider d'ailleurs…

— Je vous écoute.

— J'ai pensé à un tatouage. Un énorme qui prendrait toute la poitrine. Avec plein de couleurs. Des fleurs partout… Vous faites ça, docteur ?

Marie en avait déjà entendu parler. Elle avait même lu un article dans un magazine féminin. Des tatouages magnifiques qui faisaient diversion et qui masquaient les cicatrices. Les femmes posaient fièrement devant l'objectif. Leur façon de crier haut et fort qu'elles avaient gagné le combat et qu'elles s'étaient réapproprié leur corps. Marie détestait ne pas être en mesure de répondre à une demande. Un trait commun à ses deux facettes. Mme Tourtier paraissait si enthousiaste en plus !

— Alors, vous faites des tatouages ? Je sais que certains gynécologues se sont formés.

— Pas encore, malheureusement, dit-elle en lançant une recherche d'images sur Internet. Mais vous avez raison. Je dessine bien sur des miroirs, alors pourquoi pas sur des seins ? Il me fallait des projets pour l'année qui vient… alors je crois que je vais m'y mettre !

16

Rob Roy

Guillaume suivit le conseil de Marie et quitta l'appartement comme un voleur en poussant la porte derrière lui. Sur le chemin du retour, il regarda d'un autre œil les réverbères où la déménageuse s'était appuyée en grognant, le trottoir où elle avait manqué de s'étaler plusieurs fois. L'aube avait fière allure ce jour-là avec son ciel constellé de taches roses, ses bancs recouverts de givre qui luisaient au soleil, et Guillaume trouva les environs du cimetière moins austères que d'habitude. En franchissant son hall d'immeuble, il ne s'attarda pas sur la peinture écaillée sur les murs ni les carreaux de carrelage descellés par endroits. Il se surprit même à sourire en appuyant sur le chiffre 6 de sa boîte à sardines ascensionnelle. Quelle idée d'habiter au dernier étage ! Comme de prêter ses clefs à sa fouineuse de collègue ! En trouvant Gladys endormie en position fœtale sur le canapé, il redouta la pluie de questions et se réfugia dans le coin cuisine, sans un bruit. Jusqu'à ce que le ronflement de la machine à café se charge de la réveiller à sa place.

— Ah, te voilà enfin ! s'écria-t-elle soudain en se frottant vigoureusement les paupières, faisant gigoter la rangée de piercings qui pinçait ses sourcils. Tu ne répondais pas à mes messages et j'ai cru qu'elle t'avait kidnappé !

— Je sais me défendre, merci, rétorqua-t-il en lui tendant une tasse de café fumant.

— Alors ? Raconte !

— Il n'y a rien à dire.

— Heureux ?

— Ne te fais pas de films.

— Yom-Yom qui découche... c'est du jamais-vu ! Je veux tous les détails !

Gladys fut déçue. À part quelques grognements et un air bougon qui la dissuadèrent de pousser l'interrogatoire, elle n'obtint rien d'autre. Et les jours suivants, son collègue ne se montra pas plus loquace. Cette nuit si particulière lui restait à l'esprit comme une parenthèse un peu folle dans sa vie, si commune et si terne. Avant de prendre son service, il se rendit à la pâtisserie de la rue Froidevaux, en repensant aux gâteaux sous les cloches de verre qu'il avait dégustés en douce. Un geste délictueux qu'il se garderait bien d'avouer à Raphaël – un de ses fidèles clients et talentueux joueur de billard. Pas de traces de Marie, pas de nouvelles non plus. Peut-être valait-il mieux après tout. Gladys était déjà assez accaparante comme ça pour qu'il ressente le besoin de s'encombrer d'une nouvelle amie. Même si, il l'avouait, cette rencontre ne l'avait pas laissé indifférent. Depuis son court passage à l'appartement, cette fille lui avait ouvert les yeux sur l'absurde sophistication de son intérieur. Ces bougeoirs, ces cadres dorés, cette armoire ancienne et massive, ces bocaux ridicules. En un rien de temps, cette tornade avait su mettre des mots sur les choses, du détachement, de la moquerie aussi. Et cela lui avait fait du bien. Un bien fou ! Une touche de dérision qui avait contribué à améliorer son humeur et à rendre ses nuits moins chaotiques. Pour ça, il pouvait déjà la remercier. Ses meubles ne lui appartenaient plus désormais, il les considérait en transit – en mode stockage avant livraison. Et si Marie ne donnait plus signe de vie, il trouverait bien une autre personne pour s'en débarrasser. Mais ne méritait-elle pas qu'on lui laisse sa chance ? Guillaume était prêt à attendre un peu. Plusieurs semaines s'il le fallait. Une patience qui fut récompensée le vendredi suivant, à vingt heures précises. La déménageuse-boxeuse-voleuse de gâteaux se présenta enfin au comptoir, avec la même commande que la première fois – le sourire complice en plus.

— Un Rob Roy, s'il te plaît, avec des glaçons et une cerise à l'eau-de-vie au fond du verre.

— Bonjour, Marie, soupira-t-il pour la forme.

— Bonjour, Glenfiddich… Et je veux bien des pistaches-cacahouètes avec, si tu as, ajouta-t-elle en posant une main sur son ventre. Je n'ai pas eu le temps de déjeuner. (Guillaume eut une moue contrariée et commença à préparer le mélange.) Dans mon bar préféré, à Brest, « pistaches-cacahouètes », c'est une sorte de nom de code à l'heure de l'apéro.

— Au *Gobe-mouches*, tu veux dire ? (Elle acquiesça, surprise qu'il se le rappelle.) Et ça consiste en quoi ?

— Un assortiment d'andouille et de saucisson. Bref, que des bonnes choses !

— Désolé, je n'ai pas ça en stock, répondit-il plus sèchement qu'il ne l'aurait voulu.

— Pas grave.

La jeune femme appuya lourdement sa tête contre sa main puis le regarda opérer en silence. Pour une fois, elle paraissait sérieuse. Sérieuse et exténuée. Était-ce le contrecoup du week-end dernier ? Une semaine de travail éprouvante ? Par précaution, Guillaume décida d'alléger son cocktail et de doubler le nombre de glaçons.

— Le Rob Roy, tu connais son histoire ? l'interrogea-t-il en lui tendant son verre.

— Oui… la seule qui ait de l'importance à mes yeux.

— Raconte.

— C'était le cocktail préféré de mon père. Quand il passait commande, je me souviens, il prenait un air grave, voire menaçant. Le barman n'avait pas intérêt à se louper ! On aurait dit James Bond.

— Un petit complexe d'Œdipe ?

— J'assume complètement… C'est quoi, son histoire ?

— Il rend hommage au héros écossais : Robert Roy MacGregor, surnommé Rob Roy. On l'aurait servi pour la première fois dans le bar de l'hôtel Waldorf

Astoria à New York, lors de la première représentation d'une opérette du même nom.

— Je ne savais pas.

— Peut-être que l'agent 007 était présent ce soir-là…

— Qui sait ? Mon héros ne me disait pas tout !

Guillaume posa un grand saladier de chips sous son nez et accrocha son regard.

— Je me demandais si j'allais te revoir.

— Et moi, si tu comptais me livrer le frigo.

— J'attendais ton feu vert… (Elle gonfla son biceps pour lui montrer qu'elle relevait le défi d'un nouveau déménagement.) Tant qu'on y est, je peux aussi t'amener l'armoire et le fauteuil, proposa-t-il.

— Pour les mettre où ? Sur mon palier ?

À ce même moment, Gladys s'interposa entre eux en empoignant les épaules de Marie comme si elle la connaissait depuis toujours.

— Te revoilà enfin ! Guillaume ne l'avouera pas mais il trépignait d'impatience !

— De quoi je me mêle ? grogna l'intéressé, sans démentir pour autant.

— Alors, quoi de neuf ?

— Pas grand-chose. Métro, boulot, dodo… je peux utiliser cette expression maintenant que je suis à Paris, dit-elle en ressentant une pointe de nostalgie – à tel point qu'elle préféra changer de sujet : Tiens… vous ne connaîtriez pas un bon tatoueur dans le quartier ?

— Un bon ? Le meilleur, tu veux dire ! Jacquou le roi du tattoo, précisa Gladys qui n'attendait que ça pour soulever le bas de son tee-shirt et découvrir la salamandre qui tournait autour de son nombril. Regarde comme il travaille bien !

Guillaume leva les yeux au ciel.

— Un peu plus, on avait le droit à un strip-tease sur le comptoir !

— Pas de problème ! J'en ai un aussi, plus bas. Tu veux voir ?

— Non, merci ! grimaça-t-il en levant la main pour la stopper dans son élan.

Un geste qui amusa la croqueuse de chips face à lui.

— Et tu crois que ce Jacquou me donnerait des cours ?

— Je ne sais pas... Pourquoi ? Tu veux te reconvertir ?

— Disons que ça viendrait compléter ma spécialité.

Guillaume faillit recracher son verre d'eau.

— Ta spécialité de garagiste ? (Marie eut l'air surprise de sa remarque et il comprit qu'elle avait menti.) Je ne saisis pas très bien le rapport entre le tatouage et les amortisseurs de voiture. Tu travailles bien chez Speedy, n'est-ce pas ?

— Speedy, speedy, répéta-t-elle pour s'en convaincre. Bien sûr ! « Va donc chez Speedy ! » Oui, j'y travaille, comme une folle d'ailleurs, pourquoi ?

— Je te sens moins créative avec le Rob Roy qu'avec le « Gobe-mouches », se moqua-t-il.

— Et moi, je ne comprends rien à ce que vous dites ! couina Gladys.

Marie se trémoussa sur son tabouret, mal à l'aise, et chercha à se justifier.

— Mon patron a eu une idée rigolote. Pendant qu'on répare les pneus et révise les amortisseurs, on propose à nos clients un petit tatouage… Un dessin de leur voiture par exemple. Ça fait fureur !

Gladys fronça les sourcils et reposa le verre qu'elle était en train d'essuyer.

— Tu blagues ?

— Non, elle ne blague pas, elle s'enfonce ! rectifia Guillaume, alors que Marie le fixait avec une moue d'excuse.

— Ce Rob Roy à jeun, ce n'était pas une bonne idée, bredouilla-t-elle en laissant un billet sur le comptoir. Il me fait dire des bêtises… Allez… bonne nuit, les amis !

À cet instant, Guillaume réalisa qu'il ne connaissait rien d'elle. Vraiment rien ! Et qu'elle faisait tout pour attiser sa curiosité. Tout pour le provoquer. Décidément, les filles étaient bien compliquées. Incompréhensibles, même !

17

Le ronron du Lavomatic

Ce dimanche-là, Elsa avait troqué les pierres froides du cimetière du Montparnasse contre les chaises en plastique colorées – tout aussi inconfortables – du Lavomatic du quartier. L'idée lui était venue en passant devant la vitrine. Lorsqu'elle s'était arrêtée pour inspecter les lieux, un homme lui avait tenu la porte en sortant et elle y avait vu un signe. Trouver un nouveau refuge avait quelque chose de grisant. Un moyen de rompre la monotonie, d'agrandir son monde en quelque sorte, même si cette routine la rassurait. Toujours le même bus de nuit, les mêmes chauffeurs, la même gare, le même quartier de repli. À chaque moment de la journée, son flot d'individus, donnant une dimension humaine à la jungle des grandes villes. Elsa se demandait souvent s'il était judicieux d'avoir les mêmes horaires, les mêmes trajectoires, au cas où quelqu'un de malintentionné la repérerait. Ce nouveau point de chute, pas trop loin des autres, serait donc le bienvenu. Pourquoi n'y avait-elle pas pensé avant ? À cette heure matinale, l'endroit était désert. Une seule machine tournait au milieu des tambours immobiles – celle de l'homme tout juste sorti manifestement – et Elsa trouva opportun de la surveiller en son absence. Une excuse pour rester au chaud, un moyen de donner le change également. Combien de temps durerait son programme ? Synthétique, linge délicat, quarante degrés. Une bonne partie de la matinée sans doute. Dehors, l'aube semblait vouloir se prolonger. Une lueur verdâtre stagnait dans le ciel, voilée par la buée qui recouvrait la vitre. Seule dans son aquarium, Elsa se sentit tout de suite à son aise. D'ici, elle pouvait observer la rue sans attirer les regards, sans être contrainte de braver le froid ni la pluie. Sans compter la bonne odeur de lessive et de linge mouillé qui imprégnait les lieux et lui rappelait le temps d'avant. Celui où l'aube n'annonçait rien d'angoissant, juste une case de plus sur le calendrier de l'Avent. Après avoir posé son sac à ses pieds, la jeune femme s'assit au plus près du tambour et se pencha en avant, les mains en corbeille sous son menton, pour l'observer tourner. Tourner jusqu'à être hypnotisée. Un tourbillon de couleurs, de jets d'eau et de bulles de savon. Un vrai spectacle en soi, si on se donnait la peine de le regarder. Elle eut le temps d'imaginer les vêtements qui dansaient à l'intérieur : leur forme, leur texture, leur teinte. L'homme avait pu lui donner quelques indices de style tout à l'heure. Engoncé dans une doudoune noire trop petite et flottant dans un pantalon de velours informe, il ne semblait pas avoir le sens des mesures. Des couleurs non plus. Mais alors ? D'où pouvait bien provenir l'arc-en-ciel qui tournoyait sous ses yeux ? De ses slips ? Ses chaussettes ? Des vêtements de sa copine ? Elsa commença à se faire un film. Quelle vie pouvait bien se cacher derrière ce tourbillon ? Une vie d'étudiant. D'artiste un peu bohème, habitant sous les toits et n'ayant pas de place pour installer un lave-linge. Pas les finances peut-être. Peu importe. Tout portait à croire que cette machine, c'était la sienne. N'était-ce pas le plus important ? Donner le change pour survivre, pour s'effacer. Par fierté aussi. Se sentir en sécurité. S'offrir le luxe de fermer les yeux. Écouter le ronron du Lavomatic. Somnoler.

— Bonjour… Je suis contente de t'avoir retrouvée ! entendit-elle clamer depuis la porte.

Elsa mit du temps à réaliser que cette phrase lui était adressée. Mais quand elle tourna la tête et aperçut la fille en jogging qui lui faisait de grands signes, elle n'eut plus aucun doute.

— On s'est vues au cimetière la semaine dernière, tu te souviens ? cria-t-elle encore, alors qu'elle était entrée dans la pièce. Robert Desnos, la bouée… (Elle baissa d'un ton après avoir ôté ses écouteurs :) Après coup, je m'en suis voulu d'être partie si rapidement. Il faisait froid et… bref, je n'ai pas été très observatrice. Égoïste même, tu peux le dire ! Mais le temps de faire demi-tour, tu étais déjà partie.

Elsa, qui s'était crispée sur sa chaise, l'écoutait sans rien dire. Pourquoi s'intéresser à elle au point de faire demi-tour ? Pourquoi s'intéresser à elle tout court ? Son enthousiasme et son aplomb avaient quelque chose d'effrayant. Quelle idée avait-elle derrière la tête ?

— C'est une bonne idée, le Lavomatic !

— Comment ça, une bonne idée ? osa Elsa en continuant à fuir son regard.

— C'est quand même plus confort que le cimetière… Là, au moins, tu es à l'abri.

— Je ne vois pas ce que tu veux dire, bredouilla la gardienne de machine, en se trémoussant sur son siège. J'attends que le programme soit fini, c'est tout.

Le sourire de la fille s'effaça tout à coup.

— Désolée, je me mêle de ce qui ne me regarde pas. C'est tout moi ! Le mode essorage semble presque terminé, dit-elle en désignant le lave-linge qui vibrait dans tous les sens. Une histoire de quelques minutes a priori.

— Oui, il n'y en a plus pour longtemps.

— Au fait, moi c'est Marie ! déclara-t-elle avec entrain, comme si elle avait envie de reprendre leur conversation à zéro. Je viens d'arriver dans le quartier.

— Elsa… Idem.

— Idem, c'est ton nom de famille ?

— Non, je viens d'arriver aussi.

— C'était une blague, grimaça-t-elle. Elle était nulle, je te l'accorde ! Sérieusement, dis-moi si je peux t'aider à quelque chose.

C'était la première fois qu'on lui posait ce genre de questions et Elsa ne s'était pas préparée. Que demander quand on avait besoin de tout ? Par où commencer ? Avait-elle réellement envie de se livrer ? De faire confiance ? À une parfaite inconnue par-dessus le marché ! Une fille qui ne connaissait rien de son histoire, qui avait juste repéré la surface de l'iceberg et qui semblait disposée à s'y attarder. Peut-être valait-il mieux ne rien demander du tout. Oui, c'était plus sûr.

— J'attends juste que ça soit fini, répéta-t-elle en baissant la tête. Juste ça.

Elsa devinait d'ici l'expression de sa voisine : intriguée, affligée, vexée sans doute. Elle se sentait tellement honteuse ! Pourvu qu'elle lui fiche la paix ! Qu'elle parte sans poser de questions. Mais apparemment, ce n'était pas son intention.

— Et si je t'apportais un café ? Un truc chaud et de quoi manger. T'es d'accord ?

— C'est gentil, merci.

Elsa avait murmuré ces mots dans un souffle et la fille semblait hésiter à partir. C'est gentil, oui ? Ou c'est gentil, non ? Cette phrase pouvait prêter à confusion. Même Elsa était tiraillée entre ces deux réponses. Elle en rêvait tellement de ce petit déjeuner !

— Ne bouge pas, je reviens ! finit par trancher la joggeuse avant de s'éloigner en courant.

Ne pas bouger, c'était accepter son aide. C'était nouer un lien. C'était se sentir redevable. Ne pas bouger, répéta Elsa pour se convaincre. Mais lorsque l'homme revint récupérer son linge quelques minutes après, elle réalisa que c'était impossible. Comment avait-il fait ? Il était arrivé pile à la fin du programme, à quelques secondes près. Un habitué probablement ou un maniaque du contrôle. Le genre d'individu qui minutait son temps pour augmenter sa productivité, qui se levait aux aurores le dimanche matin pour faire sa lessive. Sa théorie d'artiste bohème venait de partir en fumée. Et l'homme qui la regardait de travers comme si elle allait se jeter sur ses vêtements mouillés. Et la fille qui allait revenir d'une minute à l'autre avec ses croissants et réaliser qu'elle avait menti. Elsa se leva brusquement pour lui laisser la place et commença à paniquer, à avoir honte, à s'en vouloir. Tout à la fois et trop pour sa petite tête fatiguée ! Alors tant pis, il fallait bouger. Fuir même. En prenant la direction inverse de celle de Marie pour ne pas risquer de la croiser. Parce qu'elle avait un prénom maintenant, la fille. Elle s'appelait Marie et avait l'air plutôt sympathique, avec son visage souriant et ses yeux qui pétillaient d'intelligence. Elle avait l'air sincère aussi. Au premier virage, Elsa hésita à faire demi-tour. Pourquoi ne pas lui accorder sa confiance ? La trahir en quelque sorte ? Pourquoi être si méfiante ? Cette énergie, quand l'avait-elle perdue ? Cette soif de vivre ? Elle ne se souvenait plus. Depuis quelques jours, elle n'avait plus la même volonté. Elle errait dans les rues sans but précis, en tout cas pas celui de chercher du travail. Et les fois où elle entrait dans les boutiques, elle n'osait plus rien demander, ni même se présenter. À croire qu'elle s'était résignée. Qu'elle avait perdu la foi. Elsa comprit qu'elle ne s'en sortirait jamais. Jamais. Elle repensa aux paroles de Josette, lorsqu'elle l'avait avertie de ne jamais descendre dans le métro de peur de ne pas réussir à remonter. Elle avait bien suivi son conseil. Et pourtant, elle n'avait pas eu besoin d'y descendre pour creuser sa tombe.

18

Il vaut mieux tard que jamais !

En s'engageant dans la rue, Marie accéléra le pas. La vitrine éclairée au loin, c'était son jour de chance ! Pour une fois que le rideau n'était pas baissé quand elle rentrait du travail. Une agitation particulière régnait au sein de la pâtisserie. Une dizaine de personnes – chacune installée sur une table différente – s'appliquaient à étaler leur pâte avec le dos de la cuillère. Au centre, Raphaël – coiffé d'une toque blanche – jouait les chefs d'orchestre et prodiguait ses conseils. Quel gâteau allait-il rajouter sur la carte ce soir ? Elle en avait déjà l'eau à la bouche.

— Tiens, Marie… Tu veux te joindre à nous ? Il reste une table, l'interpella le grand chef avec sa bonhomie habituelle.

— Quel est le thème de la soirée ?

— Bûche de Noël au mascarpone, spéculoos et framboises.

Marie arrondit les yeux de gourmandise et prit place sur un des tabourets du comptoir.

— C'est tentant mais je préfère manger – dévorer même – que de faire la cuisine, plaisanta-t-elle en soulevant la cloche de verre qui renfermait les cupcakes.

— On dirait ma cousine Margaux, soupira Raphaël, les deux mains sur les hanches. Je te mets une part de côté, alors.

La voisine du dessus n'attendit pas d'avoir fini sa bouchée de gâteau au chocolat pour réagir :

— Tu me connais, je me ferai un plaisir de revenir cette nuit !

— J'imagine que tu as hâte de voir ce que ton ami Guillaume t'a apporté.

Le visage de Marie se rembrunit tout à coup.

— Pourquoi ? Guillaume est passé ?

— Oui, dans l'après-midi. Il m'a demandé les clefs du studio.

Marie se leva d'un bond et prit la direction de la porte de service.

— Et… tu les lui as données ?

— Bien sûr ! C'est un de mes amis et puis… je n'allais quand même pas le laisser sur le trottoir avec tout son chargement. Tu ne vas pas me dire que tu n'étais pas au courant ?

— Raphaël, tu me fais marcher, crut-elle deviner, alors que le pâtissier, goguenard, prenait à partie ses apprentis :

— Oups ! Je crois qu'elle ferait mieux d'attendre notre délicieuse bûche de Noël avant de monter, vous n'êtes pas d'accord ?

Mais lorsque l'assistance approuva à l'unisson, la voisine s'était déjà envolée.

Le matin même, en ouvrant les volets, Marie s'était dit que la journée commençait bien. Pas de brouillard ni de nuages à signaler. Un ciel monochrome qui commençait lentement à s'éclaircir, passant d'un noir d'encre à un bleu foncé. Un bleu qui lui rappelait celui du rideau qui s'abat sur la mer avant l'orage. La gynécologue avait réalisé qu'elle vivait comme une taupe depuis qu'elle s'était installée à Paris, s'autorisant à mettre le nez dehors uniquement le week-end. Pourquoi s'enfoncer sous terre pour prendre le métro alors qu'elle pouvait faire le trajet à pied ? L'hôpital devait être à une trentaine de minutes – même pas – si elle marchait d'un bon pas. Ce qu'elle avait décidé de vérifier aujourd'hui, après avoir chipé un cupcake à la vanille sur le comptoir du rez-de-chaussée et embarqué sa thermos de café – pour faire comme dans les séries américaines. Quel sentiment de liberté de se passer des transports en commun ! Quelle animation de si bon matin ! Une pétarade de moteurs en tout genre, un défilé de vélos et de trottinettes électriques, sans parler des rollers qui fusaient sur le macadam. Il n'y avait pas à dire, vue d'ici, la ville était beaucoup plus intéressante que sous terre. Un constat que Marie avait déjà fait, dimanche dernier, en parcourant le quartier à la recherche d'Elsa Idem – la fille du Lavomatic. Elle n'arrêtait pas d'y penser. Pourquoi s'était-elle enfuie comme ça ? Lui avait-elle fait peur avec ses questions indiscrètes ? Maintenant qu'elle avait repéré sa présence tout près de chez elle, Marie ne pouvait plus nier son existence. Qu'avait-il pu arriver à cette jeune fille – tout juste sortie de l'adolescence – pour se retrouver à la rue ? Comment ne pas s'inquiéter pour elle ? Jusqu'à se sentir responsable de ce qui pourrait lui arriver… Un peu comme une patiente qui fuguerait des urgences avant qu'elle ait pu la soigner. Marie s'était donc mis en tête de la retrouver. Coûte que coûte ! Si bien qu'en se rendant à l'hôpital ce matin-là, ce n'était pas le ciel qu'elle observait avec une attention toute particulière, mais les bancs, les recoins du trottoir, les abris de fortune. Sans succès malheureusement.

Sa dernière patiente de la journée – Mme Serda – venait de s'installer sur une des chaises du couloir. Elle l'avait repérée en raccompagnant la précédente. Une femme menue, coiffée d'un joli foulard fleuri, qui la fixait avec un mélange de timidité et de curiosité. Marie avait pris le temps de parcourir son dossier avant de la faire entrer. En médecin consciencieuse, elle avait à cœur de bien connaître son histoire avant de se retrouver face à elle. Une marque de respect essentielle pour gagner sa confiance. Cette femme de soixante-huit ans avait été opérée du sein droit il y a un an déjà. À distance de l'intervention, la professeure Ward lui avait posé une prothèse intermédiaire sous le muscle grand pectoral, qu'elle gonflait progressivement pour permettre à la peau de se distendre. C'était d'ailleurs la raison de sa présence aujourd'hui : une dernière injection avant la pose de sa prothèse définitive. Marie était en train de remplir sa seringue de sérum physiologique quand sa patiente lui avait fait part de ses inquiétudes.

— Vous êtes sûre qu'il faut gonfler encore ? J'ai l'impression que mon sein est maintenant plus gros que l'autre. Celui qui n'a pas été opéré.

La femme avait déboutonné son chemisier, dévoilant sa poitrine asymétrique et Marie l'avait rassurée.

— C'est normal. Nous avons prévu de placer une prothèse sur l'autre sein aussi. C'était votre demande, il me semble, non ? Avoir une plus grosse poitrine à la fin du traitement.

Mme Serda rougit.

— C'est vrai que j'ai toujours rêvé d'un bonnet B plutôt qu'un A.

— À qui le dites-vous ! plaisanta Marie en s'approchant avec sa seringue.

— Je profite de l'occasion. Même si, entre nous, je m'en serais bien passée…

— Inspirez, soufflez, je pique !

La patiente n'avait pas grimacé, comme si son corps s'était habitué à la douleur. Et l'aiguille en place ne l'avait pas empêchée de poursuivre la conversation.

— Vous devez penser que je suis folle, à soixante-huit ans, de faire attention à ces choses-là ! Je devrais juste me satisfaire d'être en vie.

— Non, je pense que vous avez tout à fait raison. Il vaut mieux tard que jamais ! Et le courage dont vous avez fait preuve mérite bien une petite récompense.

— Je suis contente qu'on soit du même avis… Alors, allez-y, docteur ! Ne lésinez pas, gonflez… gonflez !

avait ajouté Mme Serda en riant pendant que Marie appuyait sur le piston.

Amusé par la situation, Raphaël délaissa ses apprentis pâtissiers pour suivre Marie jusqu'au premier étage. Il regrettait de n'avoir pu accompagner Guillaume tout à l'heure et la réaction de Marie venait d'attiser sa curiosité.

— Il y a quelque chose qui bloque, grimaça-t-elle en poussant la porte, avant de se contorsionner pour entrer.

Alors que Raphaël se frayait un chemin lui aussi, le fou rire incontrôlable de sa voisine lui sembla bien faible, vu l'ampleur de la transformation.

— Ce mec est complètement dingue, ma parole ! pouffa-t-elle, après avoir fini de se tenir les côtes. Ce n'est plus un studio mais un garde-meubles !

L'espace était si saturé qu'on avait du mal à faire un pas. Le coin cuisine avait été intégralement équipé, les étagères couvertes de bocaux et ustensiles en tout genre, le miroir caché par une vieille armoire Louis-Philippe, le lit poussé près de la fenêtre pour accueillir une table basse et un fauteuil club au cuir usé. Sans parler des cadres et des tas de livres posés par terre.

— C'est la propriétaire qui va être contente, grimaça Raphaël.

— Au moins, j'ai un témoin ! Tu pourras confirmer à Margaux que je n'y suis pour rien.

— Euh… Je n'étais pas là quand vous avez convenu ça ensemble.

— On n'a rien convenu du tout ! protesta-t-elle en s'affalant dans le fauteuil. C'est toi qui lui as donné les clefs du studio, je te signale… N'oublie pas que tu as ta part de responsabilité dans cette affaire.

Raphaël protesta mollement avant de s'intéresser aux tiroirs de la cuisine.

— Waouh ! Il t'a même offert les couverts ! De l'argenterie en plus.

— Non ?

— Si, je te jure… et le tire-bouchon aussi. Si ce n'est pas une déclaration d'amour.

— Arrête !

— Avoue que la déco a un certain charme quand même !

— Je n'ai absolument pas besoin de tout ça !

— Je connais Guillaume, c'est un mec bien… À mon avis, il a voulu te faire plaisir !

— Pourquoi ? Je veux dire… pourquoi à moi ?

Raphaël brandit un fouet chromé qu'il agita, d'un air songeur.

— À toi de me le dire.

19

La claque

Elle n'avait pas sonné. Même pas frappé. Virginie était entrée un matin, comme si cet appartement était toujours le sien. Le jour venait à peine de se lever et Guillaume, allongé sur le canapé qui lui servait de lit, était plongé dans un demi-sommeil. La mine maussade de son ex lui était apparue en contre-plongée et il avait dû cligner plusieurs fois des yeux pour faire la mise au point. Il ne rêvait pas : c'était bien elle, les bras croisés, qui le défiait du regard.

— Fais comme si je n'étais pas là, avait-elle lâché en s'efforçant d'avoir le ton le plus sec et désagréable possible. Je prends juste quelques papiers et je repars.

Guillaume s'était redressé lentement et avait ramené sa longue tignasse brune au-dessus de son crâne, en un vague chignon déstructuré.

— Bonjour, Virginie… Je me demandais si tu étais toujours en vie.

— C'est ta façon de me demander si je vais bien ? Toujours aussi délicat, à ce que je vois.

Elle s'était dirigée vers l'armoire, le dos raide, les épaules fières, en claquant ses talons aiguilles sur le parquet tel le bec d'un pic-vert. Guillaume l'avait regardée fouiller dans les tiroirs, tiraillé par des sentiments contradictoires. Devait-il se réjouir de la savoir indemne ? Plutôt en forme, même. Ou être anéanti par sa rancœur ? Depuis l'accident, il avait imaginé les pires séquelles la concernant, et son silence n'avait fait qu'accentuer son trouble et sa culpabilité. Mais Guillaume la retrouvait belle et gracieuse aujourd'hui, dotée du même sale caractère ! Hermétique à toute discussion, chacune de ses questions risquait d'être mal interprétée – il le sentait –, même une anodine comme celle-là :

— Tu vas bien ?

Virginie avait fait volte-face et pointé son index sur sa poitrine.

— Comment peux-tu me poser une question pareille ? Après tout ce que tu m'as fait ? Je vais devoir vivre le restant de mes jours avec une prothèse de hanche et cette marque sur le visage. Une marque qui me rappellera toujours que je sortais avec le pire des connards !

Guillaume avait reculé d'un pas, heurté par la violence de ses mots. C'était la première fois qu'elle l'informait de la nature des lésions liées à l'accident. La première fois qu'il apercevait sa cicatrice. Une fine zébrure rosée qui creusait sa tempe droite et venait se perdre au milieu de sa joue. Avec l'épaisse couche de fond de teint qu'elle avait appliquée, la ligne se discernait à peine. Mais Guillaume s'était bien gardé de faire tout commentaire.

— Virginie, je ne sais pas quoi te dire. Je me suis excusé des millions de fois… Que pourrais-je faire de plus ?

Il avait parlé d'un ton las et résigné, le regard fuyant. De celui qui sait qu'il n'y a plus d'espoir et qui refuse le combat.

— Regarde-moi, Guillaume, lui avait-elle intimé, les larmes perlant au coin des yeux. J'attendais plus que de simples excuses. Plus… tu entends ? J'attendais que tu campes devant l'hôpital, que tu me fasses livrer des fleurs, que tu sonnes à ma porte. Que tu cries à la terre entière que tu m'aimais ! Que tu sortes enfin de ta zone de confort… Mais tu en es incapable, j'ai fini par le comprendre. Incapable de te passionner pour quelque chose, de faire des projets d'avenir, de prendre des décisions. Incapable d'ambition. Tu es lisse, tu entends ? Lisse ! J'en ai ma claque !

Et le mot « claque » avait résonné une bonne partie de la journée à son oreille. « Clac » comme le bruit de la porte qu'on tire derrière soi, « claque » comme la main qui vient heurter la joue, comme un trop-plein qui déborde et qui fait dire n'importe quoi. Même si derrière « n'importe quoi » se cachaient sans doute quelques vérités. Comme son impuissance à avoir le dernier mot avec elle. Le problème avec Virginie, c'était qu'elle s'évertuait toujours à vouloir le changer. À se demander si elle l'aimait réellement elle aussi. Une fois la tornade passée, Guillaume n'avait pas attendu longtemps pour sortir de sa zone de confort. Comme si ses reproches lui avaient fait l'effet d'un électrochoc. En un temps record, il avait rassemblé ses affaires, tout stocké dans des cartons et descendu ce qui pouvait rentrer dans son ascenseur. Pour le reste, des amis de Gladys lui avaient prêté main-forte en jouant les déménageurs. Une aide précieuse, vu les marches bancales de ses escaliers et l'unique diable dont il disposait pour parcourir les deux rues qui le séparaient de la pâtisserie.

— C'est bizarre que Marie ne m'ait pas prévenu, avait tiqué Raphaël. D'un autre côté, elle part si tôt le matin qu'on ne se croise pas. Pourquoi tu te débarrasses de tout ça, tu déménages ?

— Non, je rends service et je fais le vide en même temps… Un échange de bons procédés.

Le barman était connu pour son air bourru et ses réponses laconiques, si bien que le pâtissier n'avait pas hésité à lui donner les clefs.

Combien de temps faudrait-il à Marie pour débarquer dans son bar ? Quelques minutes porte à porte. Mais la bonne question était plutôt celle-là : à quelle heure rentrait-elle du travail ? Que faisait-elle réellement de sa vie ? Un mystère, cette fille. Aucun indice ne l'avait mis sur la piste en décorant son studio. Pas une brochure de chez Speedy, pas un magazine d'automobiles. Il s'était bien gardé de toucher à sa valise et à la pile d'affaires entassées près de la fenêtre. À un moment, il avait shooté dans un petit cube en carton et le cri des mouettes avait retenti dans la pièce, faisant sursauter les déménageurs.

— C'est une Bretonne, avait-il répliqué pour justifier la présence de cette étrange boîte à musique, avant qu'ils éclatent de rire.

Le plus long avait été d'installer sa cuisine et Guillaume avait mis un point d'honneur à bien exposer ses bocaux sur les étagères. Celui avec les graines de chia principalement. Et depuis qu'il avait pris son service à l'Irish pub, il guettait la porte d'entrée. N'avait-il pas pris un risque en lui faisant la surprise ? Il s'en voulait un peu d'avoir agi sur un coup de tête. Pourvu qu'elle n'ait pas l'impression qu'il considère son appartement comme un dépotoir. Après tout, il avait débuté la journée par une soufflante, pourquoi ne la finirait-il pas avec une deuxième ? À croire qu'il avait l'habitude de mettre les femmes en colère. La plouc avait attendu la fermeture pour montrer le bout de son nez. Et, contre toute attente, elle souriait en se dirigeant vers le comptoir. Entre son bonnet qui lui tombait sur les yeux et sa grande écharpe qui lui léchait le menton, seule une moitié de visage restait découverte. Mais une chose était sûre, elle souriait. Soulagé, Guillaume n'attendit pas qu'elle s'installe sur le tabouret face à lui pour lui préparer son cocktail préféré – un Rob Roy bien glacé et noyé.

— Tu en as mis du temps ! l'interpella-t-il, d'un ton joyeux.

Marie leva les yeux au ciel.

— Je voulais venir plus tôt mais je n'ai pas résisté à l'envie d'inaugurer ma nouvelle cuisine.

Voyant qu'elle grimaçait, Guillaume s'inquiéta :

— Il y a un problème ?

— J'ai fait une très mauvaise expérience. D'ailleurs, j'ai encore le goût désagréable dans la bouche, dit-elle en portant le verre à ses lèvres. Je me suis vraiment demandé si tu voulais m'empoisonner avec tes graines de chia !

— Tu ne les as quand même pas mangées à la petite cuillère ?

— Si… Beurk ! C'est horriblement sec et ça colle à la langue ! Sans compter que ça me retourne l'estomac, ajouta-t-elle en posant une main sur le ventre. Dis-moi : chia, ça fait référence à quoi ?

Guillaume éclata de rire et réalisa qu'il était bien loin de la soufflante redoutée. Bien loin de toutes les réactions escomptées. Bien loin de toutes les filles qu'il avait rencontrées.

— Il faut les plonger dans l'eau et attendre que ça gonfle… Je ne suis pas un expert en la matière mais ça, au moins, je le sais.

Elle eut une moue dubitative puis trempa ses lèvres dans son cocktail.

— Tu veux dire qu'en ce moment elles se mettent à gonfler dans mon estomac ?

— J'en ai bien peur, oui, répondit-il, tout sourire.

Marie s'appuya sur son coude et le regarda droit dans les yeux, d'un air attendri.

— On peut dire que tu ne fais pas les choses à moitié, toi…

— Comment ça ?

— Quand tu as une idée derrière la tête, tu ne réfléchis pas et tu fonces !

Guillaume se rembrunit tout à coup.

— Une femme m'a dit le contraire ce matin.

— Une femme ?

— Laisse tomber ! Tu n'es pas fâchée alors ?

— Pourquoi le serais-je ? C'est la première fois qu'on fait une chose aussi folle pour moi… Je n'en comprends pas bien le sens, mais peu importe.

— Oui, peu importe, répéta-t-il, mal à l'aise.

Si elle pouvait arrêter de le grignoter avec ses grands yeux verts.

— Et je fais comment maintenant pour vivre au milieu de tout ce bazar ?

— Viens chez moi ce soir, osa-t-il dans un murmure.

— Répète ça !

— Tu m'as bien entendu.

— Si tu crois que j'ai envie de dormir par terre !

Guillaume se frotta la tempe et finit par lui avouer :

— J'ai piqué ton matelas gonflable et je l'ai installé au milieu du salon.

Marie se mit à rire. Un rire grave qui le fit frissonner.

— T'es un grand malade, toi ! Allez, ressers-moi donc un verre.

20

La magie des mamelons

Trois notes l'avaient tirée de son sommeil. Trois notes émanant de son téléphone qu'elle envisageait de changer tellement leur enchaînement lui irritait l'oreille. Synonyme de rêves écourtés, de corps trop lourd, de bouche pâteuse, de paupières paresseuses. Synonyme de vie qui va si vite qu'on redoute le réveil. Entre les pans de rideaux, les toits de Paris s'étaient découpés peu à peu dans la pénombre de la nuit. Si brillants de givre que Marie avait cru un instant qu'il avait neigé. Quelques lucarnes illuminées de l'autre côté de la rue lui indiquaient qu'elle n'était pas la seule matinale. Des notes avaient dû retentir de la même façon. Peut-être les trois mêmes, tant ce monde était formaté. Quel jour était-on déjà ? Marie avait souri. Ce jeudi de décembre méritait qu'on se lève du bon pied. La jeune femme s'était étirée en bâillant et avait ondulé son dos comme une anguille pour s'extirper de son matelas gonflable. Un art qu'elle maîtrisait parfaitement maintenant. Et dire qu'elle avait tenté de se débarrasser de ce coussin rebondissant et qu'elle y était revenue d'elle-même ! Comme s'il lui collait à la peau. Qui sait ? Guillaume l'avait peut-être installé au milieu de son studio dans le seul but de l'attirer dans ses filets ? Vu sa façon déroutante de la tenir à distance, c'était peu probable. Cette distance de sécurité, amicale et respectueuse, Marie – pour une obscure raison – sentait qu'il en avait besoin. Si la jeune femme avait l'habitude de susciter ce genre de retenue chez les hommes, l'intérêt qu'il manifestait à son égard lui semblait plus inhabituel. N'était-ce pas la première fois qu'un homme l'invitait à partager ses nuits ? Toutes ses nuits. Un partage platonique dont il semblait se satisfaire. Quel attrait pouvait-il trouver à cette étrange situation ? Et qu'attendait-il d'elle en retour ? Des questions que la femme de caractère n'avait jamais osé lui poser jusque-là. Par pudeur sans doute. Ou par peur d'être déçue. Quelle raison avait bien pu le motiver à vider son appartement et à combler le sien ? Pourquoi s'attacher à elle ? Si vite. Comme s'il l'utilisait pour remplacer une autre. La veille, elle avait bien tenté d'interroger Gladys à ce sujet, mais la serveuse s'était montrée évasive. Des casseroles qu'il traînait selon elle et dont il n'arrivait pas à se détacher.

— Les casseroles, c'est chez moi qu'il les a rangées, avait-elle répondu du tac au tac.

Ce qui n'avait pas manqué de la faire rire, et ce qui ne l'avait pas avancée pour autant. Tant pis, Marie ne comptait pas faire long feu ce soir. Une journée à assister la professeure Ward au bloc opératoire, un déjeuner sacrifié, un dîner sur le chemin du retour – si un paquet de chips pouvait s'appeler un dîner –, elle était trop fatiguée pour attendre la fermeture de l'Irish pub. Lorsque la jeune femme s'était affaissée, la tête sur le comptoir, avant même d'être servie, le barman compatissant lui avait tendu ses clefs. Naturellement. Comme s'ils vivaient ensemble et qu'ils avaient passé le cap de s'attendre pour regagner leur domicile. Un geste tellement spontané et prévenant qu'elle s'était endormie quelques minutes plus tard sur son matelas gonflable, le sourire aux lèvres. Le même sourire qu'elle arborait ce matin en découvrant la posture de son colocataire. Était-ce le canapé qui était trop petit ou le dormeur anormalement grand ? Guillaume avait beau déborder de partout, cela ne l'empêchait pas de ronfler paisiblement. Bras pendant, dos de la main léchant le parquet, longs cheveux bruns lisses et soyeux recouvrant son visage, Marie ne se souvenait pas l'avoir vu aussi détendu. Aussi séduisant aussi.

— Joyeux Noël, Glenfiddich, lui avait-elle murmuré avant de partir.

Le dormeur était resté imperturbable. Seul un soupir avait entrecoupé son ronronnement lancinant. Sa façon – sans doute – de lui souhaiter un joyeux Noël.

Depuis qu'elle avait débuté médecine, Marie se portait souvent volontaire pour travailler les jours de fête. Non pas qu'elle fuyait les réunions familiales et les réveillons entre amis, mais dans ces moments-là, une ambiance particulière régnait à l'hôpital. À la fois pesante et légère, grave et joyeuse. Un monde en demi-teinte qui tournait au ralenti. Où l'on remettait à l'année prochaine ce qui pouvait attendre. Où les patients les moins graves rentraient chez eux. Où Marie avait le sentiment d'être à sa place – sa juste place –, plus utile que jamais. Pour une fois, Dupond et Dupont ne s'étaient pas fait prier pour se faire remplacer et l'avaient laissée gérer seule la visite du service. Le soir de Noël, elle le passerait aux urgences. Une date que les célibataires sans enfants ou les expatriés dans son genre devaient – selon elle – sacrifier pour permettre aux collègues de profiter de leur famille. Mme Serda irait à son réveillon comme les autres, parée de ses deux prothèses définitives. Marie lui avait fait cette promesse. C'est d'ailleurs pour lui remettre ses papiers de sortie qu'elle venait d'entrer dans sa chambre.

— Voilà une bonne chose de faite… Vous êtes contente ?

— J'avais prévu une robe bien décolletée pour les mettre en valeur, mais je ne suis plus si sûre maintenant… J'ai toujours un peu mal à mes cicatrices, c'est normal ?

— Il faudra encore attendre quelques jours pour supporter un soutien-gorge.

— J'ai l'impression qu'avec mes prothèses Wonderbra je pourrai m'en passer de toute façon. Vous m'avez prescrit des antidouleurs pour ce soir ?

— Oui… mais attention, l'avertit Marie en lui tendant l'ordonnance. Le mélange alcool et médicaments peut être détonant. Faites attention au champagne !

Mme Serda grimaça et Marie s'en voulut d'avoir joué les rabat-joie.

— Je peux vous poser une question ? Vous allez penser que je suis perfectionniste mais…

— Allez-y, je suis là pour ça.

— J'ai encore beaucoup de mal à regarder ma poitrine borgne, même gonflée à bloc, se lamenta Mme Serda en déboutonnant son chemisier.

— Borgne ? répéta Marie sans comprendre.

— Mon mamelon manquant, je ne vois que ça… Avez-vous prévu de le reconstruire ? Ça peut paraître bête, mais pour moi, ça a son importance. La tétine de mes enfants. Docteur, vous n'êtes pas encore mère, j'imagine… (Marie secoua la tête.) La maternité modifie notre vision du corps. À ce moment, cet endroit devient le centre du monde. Il gagne en sensualité et acquiert une dimension magique. À lui seul, il est capable de nourrir, de faire grandir, d'insuffler la vie, vous vous rendez compte ?

Marie baissa les yeux. Elle n'avait jamais vu cela sous cet angle effectivement. S'était-elle un jour préoccupée de son propre corps ? De sa propre féminité ? La sincérité des propos de sa patiente la toucha. S'était-elle déjà réellement sentie femme ? Sensuelle et désirable ? S'était-elle déjà projetée en tant que mère ? La réponse était non. Et n'était-ce pas là la clef du problème ? La raison pour laquelle elle n'avait jamais eu de relation durable avec un homme ? Jamais eu de rapports simples ? De jeu de séduction ? Jamais intéressé personne ? Alors pourquoi choisir cette spécialité ? Pourquoi reconstruire la poitrine des autres, alors qu'elle s'évertuait à ignorer la sienne ? À nier son propre corps ? Elle pensa à Guillaume. Aux sentiments naissants à son égard. À sa façon de la regarder avec intensité, de prendre soin d'elle, de la faire rire aussi.

— Je peux te poser une question ? lui avait-il demandé quelques jours plus tôt, au beau milieu de la nuit, alors qu'elle le croyait endormi.

— Dis toujours.

— Tu fais quoi dans la vie ? Vraiment… ça m'intrigue.

Elle avait attendu un moment, les yeux grands ouverts dans le noir, avant de finir par lui répondre.

— Gynécologue… J'imagine que tu me vois différemment, maintenant ?

— Pourquoi ?

— Ce genre d'info fait peur aux hommes habituellement.

— Merci pour cette marque de confiance. Je crois qu'il m'en faut plus pour partir en courant.

— Quoi, par exemple ?

— Je ne sais pas… Urologue ?

— T'es bête !

— Et tu es venue à Paris pour te spécialiser dans un domaine particulier ? Le tatouage, c'est ça ?

— Tu n'es pas loin du compte ! Je m'intéresse à la reconstruction après cancer du sein… Sous toutes ses formes : chirurgie, prothèses, tatouages. Je t'épargne les détails.

— Une grande spécialiste en amortisseurs donc.

— Oublie, c'était de mauvais goût… Je ne sais pas ce qui m'a pris. Ton whisky m'avait tourné la tête.

— Mon whisky a bon dos.

— Bonne nuit, Glenfiddich !

— Bonne nuit, Marie ! Et ne t'avise pas de m'attaquer avec ton spéculum pendant mon sommeil.

— Pff…

Mme Serda continuait à lui expliquer la magie des mamelons, mais Marie avait l'esprit ailleurs.

— C'est bête, je sais qu'ils ne serviront plus à rien à mon âge, s'excusa-t-elle, voyant sa gynécologue décrocher. Vous allez me dire qu'il faut que j'en fasse le deuil.

— Le deuil ? Euh, non… Quel triste mot ! Excusez-moi, vos paroles m'ont troublée. Vous avez tout à fait raison d'évoquer vos attentes. C'est important d'aller jusqu'au bout de la reconstruction. La satisfaction et l'acceptation du corps font partie de la guérison. Et ce sera notre objectif pour l'année à venir.

— Vous croyez que c'est possible ?

— Oui, on peut réaliser une greffe de la moitié du mamelon restant et la compléter par un tatouage de l'aréole en choisissant un pigment très proche de votre couleur d'origine. Un marron très clair en l'occurrence.

— Un tatouage ? Quand je vais raconter ça à mes enfants, glousse Mme Serda en reboutonnant son corsage.

— Nous calerons une date avec la professeure Ward car je manque encore d'expérience dans ce domaine.

— Merci d'être aussi à l'écoute, docteur… J'imagine que vous avez autre chose à faire que de m'écouter un 24 décembre. Mais je me sens en confiance avec vous, j'ai l'impression de pouvoir tout vous dire.

Un compliment tombé du ciel que Marie considéra comme un cadeau de Noël.

21

La patiente de Noël

Elsa se fraya un chemin entre les meubles et s'avança vers la fenêtre. Vu d'ici, le cimetière ressemblait à un champ au milieu de Paris. Un champ de vigne avec des poteaux plantés à intervalles réguliers. Le brouillard cotonneux flottait au-dessus des croix et tamisait la lumière du jour. La jeune femme tenta de se repérer et chercha au loin la tombe de Robert Desnos, mais d'ici les pierres semblaient toutes les mêmes. Surplomber la ville lui donnait une vision différente du quartier. Depuis quand n'avait-elle pas pris de la hauteur ? Le seul moment où Elsa avait quitté le niveau zéro, c'était pour monter dans le hall de gare ou dans les étages d'un supermarché. Mais ce qui l'intimidait le plus, ce n'était pas la perspective, plutôt le fait d'être entrée chez quelqu'un. Le contraste était si frappant par rapport aux lieux publics où elle s'était réfugiée. L'intérieur était simple pourtant, fait de bric et de broc, avec un drôle de punching-ball qui pendait au-dessus du lit.

— Tu préfères le café ou le thé ? lui demanda Marie en sortant deux tasses du placard de la cuisine.

Une question banale qui lui fit monter les larmes. Était-ce possible de gravir une marche et de raccrocher à la réalité aussi facilement ? Sans efforts ? Cette question signait-elle la fin du calvaire ?

— Un thé, s'il te plaît, répondit-elle prudemment en se tournant vers son hôtesse.

La veille, Elsa n'avait pas réalisé tout de suite. Ce jeudi de décembre ressemblait à tous les autres. Les illuminations surplombant les trottoirs s'étaient éteintes une à une pour laisser la place aux devantures brillantes des magasins, les travailleurs pressés avaient repris leur défilé et elle, son errance habituelle. Mais, le soir venu, quand les voyageurs endimanchés et surexcités s'étaient mis à converger vers la gare, chargés de cadeaux, de bourriches d'huîtres et de boîtes de gâteaux, Elsa avait eu la désagréable impression de tomber des nues. Était-elle si à l'écart des autres, si marginale, pour ne pas avoir vu venir le réveillon de Noël ? À cet instant, elle avait mesuré à quel point ce cap serait difficile à passer. Le plus douloureux, ce n'était pas le bonheur des gens, l'exhibition de richesse autour d'elle, mais les souvenirs que cet événement faisait resurgir chez elle. Ne symbolisait-il pas tout ce qu'elle avait perdu ? Famille, amour, bonheur, enfance. Pour une fois, Elsa n'avait pas eu le courage de se mêler à la foule. Elle avait dû fuir, marcher pour oublier que personne ne l'attendait quelque part. Combien de temps avait-elle erré dans les rues ? Elle ne se le rappelait plus. À un moment, le trottoir s'était élargi, la lumière blanche avait jailli de l'obscurité, et Elsa avait franchi les portes de l'hôpital qui s'ouvraient sur la nuit. Ici, on pouvait circuler librement – un peu comme dans une gare –, à la différence près que les gens paraissaient moins heureux, moins encombrés aussi. En s'installant sur un des bancs du hall d'entrée, Elsa s'était dit qu'avec un peu de chance les agents de sécurité auraient une tolérance particulière et s'abstiendraient de la déloger. Elle s'était donc recroquevillée dans sa position habituelle, son éternel sac coincé entre les jambes. Pas de rétroviseur pour veiller sur elle cette fois-ci. Pas de virages, de freinage, ni d'accélération. Juste le son lointain des sirènes et les pas feutrés des soignants. Elsa ne s'endormait jamais complètement de toute façon, gardant toujours la vigilance nécessaire pour traquer le danger et se redresser subitement quand une main s'approchait trop près d'elle. Comme celle qui s'était mise à lui tapoter l'épaule au beau milieu de la nuit. Une main ferme et douce à la fois, surmontée d'un bras nu, d'une manche de blouse blanche et d'un visage familier, étrangement souriant. Comment était-ce possible ?

— Elsa Idem ! Je te retrouve enfin ! s'était écriée Marie en se laissant tomber lourdement sur le banc ; puis, voyant qu'Elsa s'emparait de son sac pour partir, la femme en blanc avait dû la retenir par le bras. C'est une manie de t'enfuir à chaque fois qu'on se croise ?

— Désolée, je ne comprends pas pourquoi tu t'intéresses à moi.

— Disons que j'ai un radar à emmerdes, je les repère de loin… Déformation professionnelle. Et des emmerdes, t'as l'air d'en avoir jusqu'au cou. Pas vrai ?

— Pas faux, avait-elle répondu en haussant les épaules.

— Tu as quel âge ?

— Dix-neuf ans.

— J'en étais sûre ! L'âge de ma petite sœur… Quand je pense qu'elle dort avec son doudou et regarde encore des dessins animés. On ne naît pas avec les mêmes chances dans la vie ! Allez, viens !

Mais Elsa avait refusé le bras qui l'invitait à la suivre.

— Je préfère rester là. C'est gentil.

— Écoute… C'est Noël, alors laisse-moi t'aider. Juste une fois.

La jeune femme avait détaillé avec appréhension son pyjama blanc et le stéthoscope qui dépassait de sa poche.

— Et tu comptes m'amener où ?

— Aux urgences… Je suis de garde toute la nuit.

— Mais je n'ai pas de problème particulier… enfin, pas de problème médical, j'entends.

Marie, perdant patience, avait levé les yeux au ciel.

— C'est moi qui pose l'indication ! Et on ne conteste pas une gynécologue !

— Gynécologue ?

— Oui, médecin des femmes en général. Malades ou pas. Emmerdes ou pas… Des femmes, quoi… Mais rassure-toi, je ne compte pas t'examiner. Juste te trouver un brancard et un oreiller pour la nuit.

Le mot oreiller avait eu un pouvoir particulier sur Elsa qui s'était laissé aimanter sans broncher. À quoi bon lutter ? Cette femme paraissait si déterminée qu'elle n'avait pas le courage de lui résister. Pas l'envie non plus. Et il ne lui avait pas fallu longtemps pour se retrouver parquée en file indienne, dans un couloir chaud et bondé, avec un bracelet en plastique au poignet et un plateau-repas sur les genoux. La gynécologue l'appelait sa patiente de Noël et l'équipe avait comme consigne de la laisser tranquille. Pas d'interrogatoire, ni de piqûres, juste des sourires bienveillants et un confort qui lui donnait l'impression d'être en apesanteur. Depuis combien de temps n'avait-elle pas allongé ses jambes de cette manière ? Elle sentait ses muscles se détendre un à un, ses mollets flotter au-dessus du lit, ses pieds disparaître. Quelle sensation exquise de pouvoir frotter ses chaussettes contre la couverture ! Elsa avait oublié ce que cela faisait. De temps en temps, elle apercevait Marie qui slalomait au pas de course entre les brancards et qui la saluait de loin. Comment faisait-elle pour garder le rythme sans paraître fatiguée ? Seule trace de surmenage, sa frange qui – au fil de la nuit – se dressait à la verticale.

— Faut que je te raconte, l'avait interpellée la punk en blouse, alors qu'elle passait à sa hauteur. Ça va te faire rire, crois-moi. Tu te souviens de la machine que tu surveillais au Lavomatic l'autre jour ? (Elsa avait hoché la tête, pas bien sûre de savoir où elle voulait en venir.) Eh bien… quand je suis revenue, un homme était en train de vider le tambour. Il semblait gêné et m'a demandé si je cherchais quelque chose. C'était toi que je cherchais en l'occurrence ! Je t'avais apporté un café et des croissants tout chauds et il a dit que c'était dommage, que tu avais raté quelque chose. Mais en voyant ses affaires pliées sur la chaise, j'ai pensé pareil : que tu avais vraiment raté quelque chose !

Elsa avait eu une moue désolée.

— Pourquoi ? C'était quoi, ses vêtements ?

— Des slips et des chaussettes de Noël, avec des têtes de renne, des flocons de neige ou de gros pompons sur le devant.

— Non ?

— Ha ha ha ! Si, je te jure ! Je savais que j'arriverais à te faire sourire, avait-elle braillé en s'éloignant.

Les couleurs du lave-linge qui tourbillonnaient, Elsa avait maintenant l'explication. Marie avait-elle inventé cette histoire uniquement pour lui faire plaisir ? Elle qui avait passé la nuit à essayer de la mettre à l'aise et de dédramatiser la situation.

— Le brancardier au bout du couloir se prend pour un dieu. La prochaine fois qu'il passera, tu le complimenteras de ma part, d'accord ? Rien que pour voir sa réaction.

— Demande à l'infirmière là-bas de te chanter *All I Want for Christmas Is You*... À côté, Mariah Carey peut aller se rhabiller, crois-moi.

— N'hésite pas si tu veux un autre dessert, un jus d'orange, des petits chocolats... Fais-toi plaisir ! C'est Noël !

Mais Elsa n'avait abusé de rien, elle s'était faite toute petite jusqu'au matin – un art qu'elle maîtrisait à la perfection désormais. Quand et comment allait-elle sortir de là ? La patiente de Noël commençait à s'inquiéter lorsque la punk-gynécologue-amuseuse de galerie s'était présentée devant elle, en tenue civile cette fois.

— Il est huit heures, j'ai fini ! avait-elle clamé, en mimant le geste de souffler dans un clairon. Je te ramène ?

La ramener où ? Elsa avait hoché la tête sans faire de commentaires. Glissé ses chaussettes dans ses bottillons militaires. Poussé les pressions de sa parka. Enfilé son bonnet. Et suivi Marie. Maintenant que ses muscles étaient reposés, son appétit sustenté, l'aube lui semblait plus clémente. La ramener où ? L'endroit n'avait pas spécialement d'importance.

TROISIÈME PARTIE

Zénith

« Chaque homme dans sa nuit s'en va vers sa lumière. »

Les Contemplations, Victor HUGO

22

Les nerfs qui lâchent

Elsa s'était fait surprendre. Elle qui se croyait endurcie par la vie et pensait pouvoir se maîtriser en toutes circonstances. Voilà que son corps la lâchait soudainement, sans raison apparente. Ces derniers mois, elle ne comptait plus les occasions où elle aurait pu s'effondrer. Manque de sommeil, froid, postures inconfortables, son corps avait résisté à tout, comme s'il s'était anesthésié peu à peu et coupé de ses émotions. Pour survivre – elle l'avait appris – il fallait endurer. Rester en tension permanente, l'esprit toujours en alerte. Alors pourquoi choisir ce moment pour flancher ? Un des plus doux qu'elle avait eus jusqu'ici. Était-ce le contrecoup de la nuit dernière ? Son corps gardait-il en mémoire le relâchement qu'elle s'était autorisé ? Le confort du brancard, la chaleur de la couverture, le moelleux de l'oreiller. La mettait-il en garde de ne jamais reproduire ce qu'elle lui avait fait subir ? Était-ce sa façon de lui dire stop ? Plus jamais !

Sa tasse de thé n'allait pas tarder à lui glisser entre les doigts, ses jambes à se dérober, mues par d'incontrôlables sanglots, lorsque Marie s'était précipitée pour la débarrasser de son mug brûlant et l'aider à s'asseoir sur le lit.

— Ça va aller, ne t'en fais pas, lui avait-elle soufflé en lui caressant les cheveux.

— Désolée, je ne sais pas ce qui m'arrive.

— Ça libère de pleurer… Alors, ne te gêne pas.

— Mais je ne pleure jamais d'habitude. Alors pourquoi maintenant ?

— Ce sont les nerfs qui lâchent… Je te l'accorde, cette expression n'a rien de médical, mais elle résume bien les choses, non ?

— Oui, je crois.

Marie l'avait aidée à s'allonger puis avait ôté sa veste et délacé ses chaussures.

— J'aimerais comprendre… Raconte-moi ton histoire. (Elsa avait détourné la tête et ses sanglots avaient repris de plus belle.) On va faire plus simple, lui avait-elle proposé, voyant qu'elle n'était pas disposée à parler. Je vais te poser cinq questions – pas une de plus – afin de mieux te connaître, d'accord ? (De son silence, Marie en avait déduit qu'elle était d'accord.) Depuis combien de temps es-tu à la rue ?

Un rai de lumière avait découpé la pièce et illuminé le visage d'Elsa. Une sensation de chaleur avait gagné sa joue, pas suffisante pour assécher ses larmes et elle s'était laissé éblouir. Pourquoi accorder autant d'importance au temps qui passe ? Une éternité, avait-elle envie de répondre. Assez pour perdre espoir et oublier qui elle était.

— Deux mois, peut-être un peu plus, s'était-elle entendue prononcer en reconnaissant que c'était court et long à la fois.

— Conflit avec tes parents ?

— Pas vraiment.

— Dispute avec ton petit ami ?

— Non.

— Drogue ?

Son visage s'était assombri. Était-ce l'effet de cette dernière question ou le voile de nuages qui venait d'apparaître ?

— Non ! avait-elle protesté avec indignation.

— Excuse-moi, ma nuit de garde ne me rend pas très psychologue.

— Je n'ai jamais touché à la drogue. Jamais rien volé. Jamais rien fait de…

— Elsa, je te crois. Tu n'as pas à avoir peur de moi, tu entends ? l'avait rassurée Marie en attendant qu'elle se calme. Il me reste une dernière question… Est-ce que quelqu'un t'a fait du mal ? (Elsa avait fermé les yeux pour toute réponse.) Je l'ai compris la première fois que je t'ai vue, avait soupiré Marie. Bien sûr qu'on t'a fait du mal. Beaucoup de mal même.

Quelqu'un toquait à la porte lorsque Elsa ouvrit les yeux. S'était-elle endormie la seconde d'après ? Elle n'en avait pas souvenir. À voir Marie, affalée dans le fauteuil d'à côté, en train de s'étirer douloureusement et de se masser les tempes, Elsa culpabilisa de lui avoir volé son couchage.

— Mince, je te réveille ? s'excusa une voix grave sur le palier, alors que Marie tentait de dompter sa mèche rebelle avec le plat de sa main. Je voulais te proposer d'aller manger quelque part mais… je te dérange, désolé. Tu n'es peut-être pas seule ?

— Il y a bien quelqu'un dans mon… enfin dans ton lit ! déclara sa logeuse, qui avait retrouvé son aplomb habituel et une coiffure plus présentable. Entre… que je fasse les présentations.

Elsa eut un mouvement de retrait et réalisa qu'il était trop tard pour se cacher. Elle entendit l'homme protester mollement avant de s'avancer. Un grand brun, l'air bougon, au look un peu débraillé qu'elle n'eut aucun mal à reconnaître.

— Elsa, voici Glenfiddich, un ami.

— Guillaume, rectifia le porteur de matelas en fronçant les sourcils dans sa direction.

— Glenfiddich, voici Elsa…, continua Marie en peinant à la décrire.

À lui, la gynécologue ne pouvait lui faire le coup de la patiente de Noël.

— On s'est déjà vus quelque part, non ? Ton visage m'est familier.

— Tu vois, Elsa ! Tu n'es pas passée inaperçue dans le quartier.

Celle-ci baissa la tête en rougissant. Comment pouvait-il avoir remarqué son fantôme ? Elle qui se croyait transparente, fondue dans le décor. À cet instant, elle ne désirait qu'une chose : se réfugier sous la couette et disparaître. Mais Marie ne lui en laissa pas le temps.

— Je te laisse une clef, l'avertit-elle, alors qu'elle enfilait sa veste pour partir. Surtout tu fais comme chez toi. N'hésite pas à te faire à manger.

Guillaume se mit à ouvrir tous les placards d'un air sceptique.

— Avec un frigo vide et une malheureuse boîte de conserve, tu ne risques pas de t'étrangler.

— Euh… j'ai des spaghettis dans un bocal et quelques steaks dans le congélo. Et des serviettes propres si tu veux prendre une douche.

— Bref, le grand luxe, se moqua Guillaume en attirant Marie vers la sortie.

— Je repasserai dans la soirée pour voir si tout va bien, d'accord ?

— Attends… Tu t'en vas ? s'inquiéta Elsa en l'interrompant dans son élan.

— Oui, pourquoi ?

— Je veux dire, tu… tu me fais confiance ?

— Je ne devrais pas ?

— Si.

— Et je ne désespère pas que tu me fasses confiance à ton tour, avait-elle renchéri, ponctuant sa phrase d'un clin d'œil.

Elsa resta un moment à regarder la porte avant de se décider à bouger. Le fait de se retrouver dans un décor de vie ordinaire lui faisait réaliser à quel point elle en avait perdu le mode d'emploi et les mécanismes. Par quoi commencer ? Elle fit trois fois le tour du lit avant de se résoudre à ouvrir la fenêtre en grand. Même en hiver, il fallait qu'elle respire le grand air. Ou plutôt l'air chargé de la ville. Qu'elle s'imprègne des bruits de la rue et qu'elle rompe le silence. Oui, c'était ça qui l'oppressait le plus : le silence de mort qui enveloppait les lieux depuis le départ de Marie, comme si on lui avait plaqué un casque sur les oreilles pour assourdir tous les sons. Lorsqu'elle repéra le petit poste de radio qui traînait par terre, elle s'empressa de le régler sur une chaîne musicale. Un programme de jazz, avec un air traînant et lancinant de saxophone. Ce qui n'était pas dans ses habitudes. Mais n'avait-elle pas envie de fuir ses anciennes habitudes ? Avant cela, elle n'aurait jamais eu l'idée de manger six steaks d'affilée, de boire une bouteille entière de Coca-Cola, ni de dévorer un pot entier de crème à la vanille. Pourtant Elsa s'était jetée sur la nourriture de manière compulsive, comme si sa vie en dépendait, et son estomac le regrettait maintenant. Qu'allait penser Marie ? Elle qui lui faisait confiance. À la nuit tombée, Elsa commença à paniquer en envisageant la suite. Ce studio était décidément trop petit pour deux. Et la gynécologue au grand cœur décidément trop généreuse pour la mettre dehors. Qu'avait-elle en tête en l'amenant ici ? Avait-elle réfléchi aux conséquences ? Elsa eut l'impression de se retrouver à la case départ. À la différence près que son corps était rassasié et reposé. Qu'il y avait désormais une porte à laquelle elle pouvait frapper.

Merci pour tout.
Je te laisse ton lit pour la nuit.
Et désolée pour les steaks, je te promets,
je n'ai invité personne. Je les ai tous mangés.
Ta patiente de Noël.

Ce mot, elle l'avait griffonné sur un bout de papier et laissé en évidence sur le plancher, avec la clef posée dessus. Et, en sortant de l'immeuble, elle savait qu'elle avait pris la bonne décision. La rue paraissait moins sombre. Le quartier moins grand. La ville moins hostile. Elle venait d'en faire l'expérience. La chaleur humaine changeait la façon d'appréhender le monde. D'appréhender l'avenir. Et si tout n'était pas perdu ? Lorsqu'elle se retourna, l'écriteau lui donna une autre raison d'y croire : « La vie, c'est comme une boîte de chocolats… » Si seulement.

23

Avec les dents de la fourchette

Le jour de Noël, Guillaume se réveilla avec une drôle d'impression. Celle d'avoir oublié quelqu'un. Il n'avait jamais été très doué pour offrir des cadeaux et cela faisait longtemps que ses parents et ses frères n'espéraient plus rien de lui sous le sapin. Sans compter Virginie qui s'était toujours plainte de son manque d'originalité et qui ne risquait pas d'être déçue cette année. Mais ce n'était pas à elle qu'il pensait. Il pensait à ce drôle de père Noël qui, la veille, lui avait fait livrer un colis, alors qu'il débutait son service, et qui n'avait pas eu besoin de signature pour être reconnu.

— Un matelas gonflable, avait grimacé Gladys en le voyant ouvrir son paquet. Qui peut bien t'offrir une chose pareille ? Pas Virginie quand même ?

Non, pas Virginie. En rentrant, le barman avait pris soin d'installer son lit à côté de l'autre. N'était-ce pas un magnifique concept ? Il ne manquait plus que les boules en plastique et les toboggans pour transformer son salon en aire de jeux. La nuit de Noël, il avait ainsi eu le luxe de dormir à l'horizontale. En diagonale, de travers, dans un sens puis dans l'autre. Bref, il avait peu dormi et ça ne l'étonnait pas, en l'absence de sa colocataire. Le soleil pointait déjà au-dessus des toits quand Guillaume décida qu'il était temps de se lever. Où pouvait-elle bien être à cette heure-ci ? Avait-elle terminé sa nuit de garde ? Avec ses vingt-quatre heures de travail d'affilée, on pouvait dire qu'elle n'avait pas volé son inscription *Wonder Woman* brodée sur ses gants de boxe. Quel cadeau pouvait-il bien lui offrir en retour ? Un autre meuble à entasser chez elle ? Pourquoi pas son canapé ? Il sourit à l'idée. Et s'il l'invitait à déjeuner ? Un présent éphémère, qui se consomme, sans laisser de traces. Tout à fait la vision qu'il avait de sa propre vie. Il s'approcha de la fenêtre et examina l'enseigne sur le trottoir d'en face. Une crêperie. N'était-ce pas l'endroit parfait pour inviter une plouc ?

— Tu peux me dire ce qui te fait sourire ? le questionna Marie un peu plus tard, alors qu'ils étaient assis face à face, à une des tables à carreaux qui donnaient sur la rue.

— Toi.

— C'est bien ce que je me disais, marmonna-t-elle en triturant sa serviette en papier avec les dents de sa fourchette. Tu te moques de moi.

— Non… J'étais juste en train de me demander si ta vie était aussi mouvementée à Brest. Et si ta serviette allait survivre à ton attaque.

Marie sourit et affaissa sa tête contre sa main avec une moue blasée.

— Il m'arrive tout le temps un tas de bricoles… À croire que je les cherche.

— Ça t'arrive souvent de ramener des patientes chez toi ?

— Jamais ! Pour qui tu me prends ? s'offusqua-t-elle. Mais Elsa, c'est différent, je ne pouvais quand même pas la laisser dormir sur un banc. Cette fille n'a que dix-neuf ans ! Tu réalises ?

Guillaume hocha la tête.

— Je réalise que tu vas devoir remplir ton frigo et squatter chez moi un bout de temps.

— Tu dois penser que je suis folle de m'embarquer dans cette galère.

— Juger les gens n'est pas dans mes habitudes… Et avec toi, je m'attends à tout maintenant.

Marie prit un air grave tout à coup.

— J'ai eu beaucoup de chance dans la vie, je m'en rends compte… Mais si j'en suis là, c'est que j'ai toujours pensé que rien n'était insurmontable. Rien, tu entends ? Alors, si je peux l'aider à quoi que ce soit, je le ferai, dit-elle en rivant ses grands yeux verts aux siens, avec une telle intensité qu'il finit par détourner le regard.

— Vous avez choisi ? les interrompit la serveuse, son carnet à la main.

Marie se redressa et l'accueillit avec un grand sourire.

— Je suis affamée ! Pour moi, ce sera une andouilleœuf-fromage, s'il vous plaît. L'œuf miroir, bien poivré. Avec une salade à part et un verre de lait Ribot.

— Je comprends mieux pourquoi tu mets trois heures à commander un Rob Roy.

— J'aime la précision, c'est tout. La précision et la perfection !

Guillaume leva les yeux au ciel. La serveuse aussi.

— Désolée, je n'ai pas de lait Ribot.

— Personne n'est parfait, dit Marie en haussant les épaules avant de laisser Guillaume faire son choix.

— Une omelette-frites, s'il vous plaît.

— Quoi ? Tu ne peux pas faire ça !

— Pourquoi ?

— Des frites à la crêperie… C'est comme si tu commandais une paella à la pizzeria. Ou un couscous dans un bar à sushis. C'est un crime !

— Sauf que l'omelette se trouve sur la carte.

— Bien sûr ! Pour satisfaire les Parisiens comme toi.

— Je suis né à Lyon, si tu veux tout savoir.

— Oui, ça tombe bien. Je veux tout savoir ! renchérit-elle du tac au tac en le défiant du regard, alors que la serveuse se retenait de rire.

— Hum ! On part sur l'omelette alors ?

Guillaume éleva ses deux mains au-dessus de sa tête comme s'il s'avouait vaincu puis soupira :

— Mettez-moi comme Mademoiselle la plouc. Sinon, je la connais, elle va faire un scandale et faire fuir tous vos clients.

Marie pouffa.

— Mademoiselle la plouc te remercie.

— On en était où déjà ?

— Au fait que je voulais tout savoir sur toi… Parle-moi de tes casseroles.

— Mes casseroles ?

— C'est Gladys qui les appelle comme ça… Apparemment, tu en avais tellement marre de les voir traîner dans ton appartement que tu les as stockées chez moi. Ce n'est pas vrai ?

— Ton image n'est pas loin du compte.

— Parle-moi de la femme qui est derrière tout ça.

— Comment le sais-tu ?

— Il y a toujours une femme. Toujours ! Parole de gynécologue !

Et cette fois-ci, c'est lui qui pouffa – ou plutôt qui rit jaune.

— Fine psychologue en plus d'être gynécologue, mais je n'aime pas remuer le passé. Je préfère tourner la page et… faire une croix sur les femmes.

— Et moi ? Je n'en suis pas une ?

— C'est une façon détournée de te dire qu'il vaut mieux – pour toi comme pour moi – rester amis.

Marie l'interrogea du regard puis reprit son attaque de serviette.

— Pas d'inquiétude, Glenfiddich… Une femme qui boit du whisky, mange de l'andouille et tape dans un punching-ball n'intéresse pas les hommes, c'est bien connu. Par contre je suis l'amie idéale, paraît-il. Veux-tu être mon ami de matelas gonflable ? Je devrais finir cette phrase par un rot pour te prouver que je ne tente pas de te séduire mais je n'ai jamais su roter, désolée.

Guillaume fixait le carré de papier qu'elle déchiquetait sans merci en repensant à sa proposition. Une proposition qui lui enlevait une sacrée épine du pied mais qui, en même temps, lui faisait de la peine. Était-ce possible qu'aucun homme auparavant – aucun plouc – ne lui ait fait des avances ? Il avança prudemment sa main vers la sienne pour stopper sa fourchette et lui sourit.

— Ma réponse est oui.

Un courant d'air froid les saisit lorsqu'ils ouvrirent la porte. Ils se regardèrent un instant en pensant la même chose. Elsa était partie en laissant la lumière, une odeur de viande grillée et un air de jazz résonner dans la pièce telle une mélodie funèbre. En laissant un petit mot sur le sol aussi, que Guillaume venait de ramasser avant qu'il s'envole.

— Ça veut dire quoi, « ta patiente de Noël » ?

— C'est le nom que lui ont donné les infirmières des urgences, bredouilla Marie en déchiffrant le message derrière son épaule.

— Elle a de l'humour en tout cas.

— Cette fille ne tient pas en place, je te jure, soupira-t-elle. Elle n'arrête pas de me filer entre les doigts.

— Tu ne connais pas son histoire, elle a peut-être ses raisons d'être méfiante.

— Il faut qu'on la retrouve, Guillaume. Je ne sais pas pourquoi mais je me sens responsable d'elle.

— Comme d'une patiente ?

— Non, comme d'une petite sœur plutôt… qui

s'apprête à passer la nuit dehors. Si je savais au moins où la chercher…

Guillaume relut le mot plusieurs fois et tenta de lire entre les lignes. Il connaissait cette fille mais… où l'avait-il croisée ? Vu la monotonie de son emploi du temps, il ne devrait pas avoir de mal à se le rappeler. Un flash lui apparut quelques minutes plus tard, alors que Marie tournait autour de lui comme un lion en cage.

— Je pense avoir ma petite idée, déclara-t-il enfin en lui tendant la main pour l'inviter à le suivre.

24

La maraudeuse

Guillaume ne prononça pas un mot jusqu'à l'entrée du pub.

— Après toi, dit-il en s'adossant à la porte pour lui laisser le passage.

— Tu crois vraiment qu'Elsa est ici ?

— Non… mais si tu veux avoir une chance de la trouver, il va falloir attendre la fermeture.

— Tu es bien mystérieux.

— Si Elsa observe chaque jour les mêmes rituels, je sais où elle peut être. Fais-moi confiance, soupira-t-il en saluant Gladys qui accourait vers eux.

— Guillaume, ça alors ! Tu t'ennuies tellement que tu reviens bosser le jour de Noël ? C'est le patron qui va être content ! Qu'est-ce que je vous sers ? Un jus de pomme pour Monsieur, un Rob Roy pour Madame ?

Guillaume sourit et se laissa ébouriffer les cheveux sans rien dire.

— Pourquoi tu ne bois jamais d'alcool ? l'interrogea Marie un peu plus tard, en le voyant siroter son jus de fruits à la paille avec l'air satisfait d'un petit garçon. Encore une autre de tes casseroles ?

— La sobriété chez un homme, ça t'étonne tellement ?

— Pour la Bretonne que je suis… oui, répondit-elle, surprise par l'air grave qu'il adoptait tout à coup.

— Ma dernière expérience s'est très mal terminée. C'est tout ce que je peux te dire… Et comme je retiens bien les leçons, j'ai fait une croix dessus. Définitivement.

— Comme les femmes ?

L'explosion de rire qui suivit lui fit regretter d'avoir parlé trop fort, Gladys ne ratant pas une occasion de titiller son collègue. Cet homme avait une étrange manière de faire des croix sur tout. Et avant qu'il en fasse une sur elle, peut-être devait-elle se montrer moins directe à son égard. Plus patiente aussi.

En quittant le pub peu après les derniers clients, Marie réalisa à quel point elle s'était attachée à cet endroit. Yvonne serait sans doute contente d'apprendre qu'un autre *Gobe-mouches* existait à Paris. Une sorte de *Gobe-mouches* irlandais, sans les fameuses pistaches-cacahouètes à l'heure de l'apéro, les blagues salaces de la tenancière et la bouteille d'eau de Plancoët au contenant explosif. Mais avec la même ambiance festive et chaleureuse. La même authenticité des échanges. Et un charmant barman en prime.

— On va où maintenant ?

Le détective venait de traverser la rue d'un pas décidé et Marie peinait à le suivre.

— À l'abri de bus un peu plus loin... L'arrêt Losserand-Maine. Si mes calculs sont bons, Elsa se trouve dans le prochain.

Il avait l'air sûr de lui, Sherlock Holmes, et Marie ne le contredit pas. Elle prit place à ses côtés sur le banc métallique en se serrant tout contre lui. Non pas qu'elle cherchait à le séduire – ce drôle d'énergumène qui redoutait les femmes – mais avec sa petite veste en jean, son pantalon en lin et ses tennis en toile, elle avait froid. Très froid même. Et la fatigue de sa dernière garde commençait sérieusement à se faire sentir.

— Ça ne va pas être long, la rassura-t-il en collant sa cuisse contre la sienne pour qu'elle arrête de frissonner.

Et étrangement, sa technique fonctionna.

Elsa ne les avait pas vus tout de suite. Recroquevillée contre la vitre, le visage dissimulé sous sa capuche, la jeune femme semblait dormir paisiblement. Difficile de lui donner un sexe, avec sa veste et ses rangers difformes. Difficile de lui donner un âge aussi, tant elle paraissait petite et menue. Sans doute sa façon de se mettre à l'abri d'un danger potentiel.

— C'est donc là qu'elle passe toutes ses nuits ? bredouilla Marie en avançant prudemment.

À ces mots, la jeune femme sursauta puis releva légèrement sa tête. Juste assez pour accrocher son regard. Un regard à l'affût où se mêlaient peur et incompréhension.

— Comment avez-vous su ? Vous me suivez ? lâcha-t-elle sur la défensive.

Marie eut un mouvement de recul.

— Glenfiddich était sûr qu'on te trouverait là.

— Je prends régulièrement cette ligne en sortant du travail, précisa-t-il en s'éclaircissant la gorge, alors que Marie prenait un air étonné.

— Mais tu habites à deux pas pourtant ? Pourquoi prendre le bus ?

— Une façon de tuer le temps durant mes nuits d'insomnie. De voir défiler les rues de Paris. De prendre des photos… (Marie leva les yeux au ciel, s'imaginant d'autres casseroles, et préféra le laisser parler.) Je me suis souvenu t'avoir aperçue plusieurs fois. Assise là, à la même place. Je ne sais pas pourquoi j'ai mis autant de temps à faire le rapprochement.

— Le mangeur de chips, murmura Elsa d'un air pensif.

Marie prit place sur le siège d'à côté.

— Si on est venus à ta rencontre ce soir, ce n'est pas pour te forcer la main… Mais en lisant ton message, je me suis rendu compte que tu n'avais pas toutes les cartes en main pour prendre une décision. J'ai oublié de te préciser qu'en ce moment je vivais chez Guillaume. (Ce dernier arqua un sourcil.) Tu comprends, il s'ennuie tout seul et a besoin de compagnie. (Un coup de coude fusa – rapide et discret pour ne pas effrayer Elsa – et Marie continua sur sa lancée, comme si de rien n'était :) Je peux donc te laisser le studio, sans problème… le temps d'y voir plus clair. Qu'en penses-tu ?

Marie n'espérait pas de réponse. En tout cas pas dans l'immédiat. Lorsque la capuche se détourna d'eux, elle aperçut le reflet de ses yeux l'interroger en silence. Les siens et ceux du contrôleur qui veillait dans le rétroviseur. Elle y lut une certaine méfiance qui la dissuada d'insister.

— Voici ma clef, dit-elle en la déposant sur ses genoux. Je te laisse le choix… Soit tu la gardes, soit tu la déposes à la pâtisserie. Raphaël est un ami… (Elsa sembla hésiter puis referma sa main sur l'objet d'un geste précipité, comme si elle avait peur de changer d'avis.) Je dois m'absenter quelques jours, s'empressa d'ajouter Marie après avoir appuyé sur le bouton pour demander l'arrêt suivant. Ne t'étonne pas si tu ne me vois pas… Et j'espère vraiment qu'en rentrant on aura l'occasion de discuter toutes les deux.

— À très vite, Elsa ! crièrent-ils en chœur en sautant sur le trottoir.

Où se trouvaient-ils exactement ? Marie n'en avait aucune idée. Quelques stations au sud. Certainement à plusieurs kilomètres de chez eux. En tout cas, Guillaume ne semblait pas s'en inquiéter.

— Sacrée maraude, lui souffla-t-il, alors qu'elle se cramponnait à son bras pour qu'il la ramène à bon port.

— Oui, sacrée maraude… mais on a retrouvé Elsa, c'est le principal.

Il marchait si vite que Marie eut l'impression de survoler le sol, emportée dans son élan. Ce n'est qu'une fois allongés sur leurs matelas respectifs, quelques secondes avant de sombrer d'épuisement, qu'elle l'entendit murmurer :

— Alors, comme ça... tu t'en vas ?

— Oui, je rentre en Bretagne... Demain, aux aurores. La nuit va être courte.

— Je compte sur toi pour me ramener de l'andouille et des galettes.

— Comme si on n'en trouvait pas à Paris !

— Ça n'a pas le même goût ici.

— En échange, je compte sur toi pour remplir mon frigo au cas où Elsa déciderait de rester, négocia Marie avant de fermer les yeux.

Pas la peine de résister. Au jeu de celui qui restait éveillé le plus longtemps, Marie perdait à chaque fois.

Le lendemain, Marie se laissa bercer par le roulement du train et somnola tout le long du trajet. Récupérait-elle de son manque de sommeil ? Ou se préparait-elle aux soirées festives organisées par sa bande de copains ? Par moments, elle eut quelques sursauts en s'entendant ronfler. De ces réveils la bouche ouverte qui donnent l'impression que tout le wagon nous observe. « Une vie d'étudiante à Paris », avait-elle envie de leur répondre. « Une vie de plouc-gynécologue-pilier de comptoir-maraudeuse à ses heures perdues. Vous voulez ma photo ? »

Quoi de plus enthousiasmant qu'une arrivée à Brest ? Donnant la sensation unique d'atteindre le bout du bout. Oui, la terre s'arrêtait là. Le long de cette rade scintillante, bordée de collines verdoyantes d'un côté et d'un alignement de grues et de hangars portuaires de l'autre. Ce côté-là, c'était le sien. Et il n'avait rien à envier à l'autre. Marie inspira profondément comme si, à l'intérieur du wagon, elle était capable de respirer le grand air de l'océan. Et, l'excitation lui donnant tous les droits, elle étira ses jambes contre celles de son voisin en le défiant du regard. Qu'il était bon de rentrer à la maison !

25

La prison dorée

Toute la nuit, la clef était restée au creux de sa main, comme une promesse de vie meilleure. Lorsqu'elle peinait à y croire, elle la serrait plus fort, jusqu'à imprimer son empreinte sur sa peau, et cela la réconfortait. Une clef avait quelque chose de symbolique qui allait bien au-delà de l'unique dimension matérielle. Ce n'était pas seulement la porte d'un appartement qu'elle allait pouvoir ouvrir mais celle de toutes les possibilités, d'un nouveau départ. Elsa s'était redressée et avait souri au conducteur. Un sourire qui l'avait surprise tant il était inhabituel. Pourquoi cette manifestation de joie n'était-elle pas venue plus tôt ? Entre l'arrêt Losserand-Maine et Alésia, où ses deux protecteurs étaient descendus. Elle s'en voulait tellement. Les rapports humains la terrifiaient-ils au point de ne plus savoir faire la différence entre une main qui se tend et une main qui s'apprête à frapper ? Au point d'ignorer l'autre plutôt qu'accepter son aide et exprimer sa reconnaissance ? Elle en était pourtant certaine, ce petit bout de métal incarnait une chance qu'il fallait saisir. Rien que de le tenir dans sa main la rendait plus forte et plus confiante. Lui donnant l'agréable impression qu'elle était comme les autres passagers de ce bus et qu'elle s'apprêtait à rentrer chez elle.

On frappa trois petits coups. Elsa était accoudée à la fenêtre, admirant les pierres tombales scintiller au soleil, quand elle les entendit. Elle se demanda d'abord s'ils ne provenaient pas de la porte d'à côté – celle de son voisin de palier –, avant de les percevoir à nouveau. Plus forts cette fois-ci. Plus proches.

— Désolé, je ne voulais pas te faire peur, bredouilla Guillaume au lieu d'un simple bonjour.

Elsa avait mis la chaîne, si bien qu'il était apparu dans l'embrasure de la porte à peine entrebâillée. Une sécurité de plus, s'était-elle dit, avant d'approcher son visage. Cela faisait deux jours qu'elle s'était réfugiée dans cet appartement sans oser en sortir. Maintenant qu'elle se trouvait à l'abri, tout l'effrayait dehors. Et surtout le regard que l'on pouvait porter sur elle. Elsa avait reproduit les gestes du premier jour – comme si cela faisait partie d'un rituel : ouvrir grand les fenêtres, allumer la radio, tourner plusieurs fois autour du lit avant de se poser quelque part. Puis elle en avait inventé d'autres : étaler son matelas par terre, empiler le fauteuil sur le sommier pour gagner de la place, dormir tout habillée au-dessus des draps, ne jamais s'éloigner de son sac, picorer toute la journée, écouter le bruit de la rue, compter les croix du cimetière, inventer des formes aux nuages. Tout ça dans un seul but : calmer ses angoisses. Quand elle se regardait dans la glace de la salle de bains – ses joues creuses et sèches, ses cernes, les cordes saillantes le long de son cou –, qu'elle glissait ses doigts dans ses cheveux broussailleux et indémêlables, Elsa mesurait le chemin qui lui restait à parcourir pour exister de nouveau, avoir envie de se faire belle, se maquiller. Comme si elle devait tout réapprendre. Même à être femme. Elle avait alors sorti les quelques habits qu'elle avait gardés pliés au fond de son sac. Ceux de sa vie d'avant. Un jean ajusté, un pull bleu aux mailles fines avec un V doré tricoté sur le devant. Les porter de nouveau, c'était prendre soin de son apparence, ne plus se cacher, accepter le nouveau départ qui s'offrait à elle. C'était essayer de se faire une place dans ce monde, d'être une jeune femme de dix-neuf ans comme les autres – ou presque. Et pourtant elle était incapable de les enfiler, comme si elle avait peur de son propre regard sur elle. Ces derniers mois, Elsa avait changé. Pour aller mieux, il fallait qu'elle l'accepte. Qu'elle s'accepte. Comment pourrait-elle avancer si elle restait dans sa prison dorée et ne se confrontait pas au monde réel ? Lorsqu'elle commençait à douter, à baisser les bras, à perdre confiance, Elsa se mettait à pleurer, accoudée à la fenêtre ou recroquevillée sur son matelas. Depuis que Marie lui avait dit que ça libérait de verser des larmes, elle ne s'en privait plus. Surtout qu'ici – à la différence de la rue – il n'y avait personne pour l'observer, ni la juger. Et l'expérience lui donnait toujours raison : après la crise, Elsa se sentait mieux, plus courageuse. Affamée aussi.

Guillaume fronça les sourcils, inquiet, tandis qu'Elsa reculait d'un pas pour s'éloigner de son regard inquisiteur. Les yeux rougis d'avoir trop pleuré, elle n'avait pas pris le temps de se peigner, ni même d'enfiler un pantalon. Sa grosse parka par-dessus son tee-shirt et ses chaussettes remontées jusqu'à mi-mollet ne la rendaient pas très présentable.

— Tout va bien ?

— Oui, merci.

— Je t'ai fait quelques courses… Tu m'ouvres pour que je te les dépose ?

Elsa ferma les yeux pour réfléchir. Que devait-elle faire ? Était-ce prudent de lui ouvrir alors qu'elle était seule, sans personne pour la défendre ? Et si elle s'armait d'un couteau, au cas où ? Une idée qu'elle réprima aussitôt. Comment pouvait-elle douter de lui après ce qu'il avait fait pour elle ? Elsa s'était pourtant promis de maîtriser son angoisse et d'aller vers les autres. Mais un homme seul, c'était trop lui demander.

— Désolée, je ne peux pas… Je sors de la douche et j'ai lavé mes affaires. Je dois attendre qu'elles sèchent et…

— T'inquiète, la coupa-t-il avec une douceur étonnante. Je te laisse tout sur le palier… Je suis de service ce soir au pub. Deux rues derrière, tu vois où c'est ?

— Oui, très bien.

— Donc si tu as besoin de quelque chose, tu sais où me trouver… d'accord ?

— D'accord.

Elsa respirait mieux à présent. Elle allait refermer la porte quand elle l'entendit prononcer :

— Au fait… c'est bien que tu aies gardé la clef. Marie sera contente de l'apprendre. Tu m'autorises à lui envoyer un message ?

— Euh… oui, bien sûr, murmura-t-elle, surprise par cette dernière question.

Qu'y avait-il d'aussi inhabituel ? Peut-être la considération qu'il manifestait à son égard. Sa délicatesse. Elle se mordit la lèvre pour ne pas fondre en larmes.

— Marie est une fille étonnante, tu verras, ajouta-t-il avant de partir. Oui, étonnante, c'est le mot. Jette un œil au miroir derrière l'armoire et tu comprendras.

Elsa s'adossa au chambranle et attendit que les pas s'éloignent et que le silence se fasse totalement avant d'ôter la chaîne. Le sac de courses était bien là, rempli à ras bord. Elle mit un certain temps à réaliser. La période de Noël n'en était pas à son premier miracle la concernant. Mais celui-là était de loin le plus incroyable : un homme qu'elle connaissait à peine était entré dans un supermarché, avait déambulé dans les rayons en pensant à elle et à ce qui pourrait lui faire plaisir. Des courses uniquement pour elle ! Incroyable. Après avoir posé le gros sac sur le comptoir de la cuisine, refermé la porte à double tour, remis la chaîne, Elsa ne put s'empêcher de rire en découvrant son contenu. Plusieurs paquets de steaks, de burgers et de frites surgelés. Des glaces à la vanille aussi. Sans oublier les gâteaux au chocolat et les bonbons en forme de crocodiles. Cet homme ne connaissait peut-être pas grand-chose sur elle mais il savait comment lui parler.

26

La vie des autres

Guillaume n'était pas d'un naturel inquiet et n'avait pas pour habitude de se mêler de la vie des autres – ni de prendre des initiatives en général – mais, depuis le départ de Marie, il prenait au sérieux sa mission : veiller sur Elsa. Que penser de son comportement étrange ? Ces derniers jours, la jeune femme s'était barricadée dans l'appartement sans daigner en sortir et le jazz qu'elle écoutait à longueur de journée – dont toute la rue profitait – commençait sérieusement à intriguer les voisins, Raphaël en premier.

— Tu la connais, toi, l'amie de Marie ? intercepta-t-il Guillaume, alors qu'il s'apprêtait à la ravitailler. (Ce dernier haussa les épaules de manière évasive.) Propose-lui de passer à la pâtisserie, j'aimerais bien la rencontrer, lui cria-t-il depuis le bas des escaliers. Tu n'oublies pas, hein ?

Déjà fallait-il que la recluse veuille bien mettre le nez dehors ! Après la visite éclair de Virginie le matin même, Guillaume n'avait plus le choix. Il fallait bien qu'il la persuade d'ôter sa chaîne et de lui ouvrir.

— Mais… où sont tous les meubles, avait couiné son ex en le cueillant au saut du lit, comme elle se plaisait à le faire.

— J'ai fait du tri.

— Du tri ? Tu te fous de moi ? Il n'y a plus rien !

— Tu exagères… j'ai gardé le canapé.

— Guillaume, ne joue pas à ce petit jeu avec moi… Tu ne les as pas vendus tout de même ? Pas sans mon accord ?

— Pas vendus… donnés, plutôt.

— Donnés ? Encore pire ! Et moi, dans l'histoire ? Tu n'as pas pensé que je pouvais y tenir, à ces affaires ?

Sa réponse, il l'avait gardée pour lui : « Six mois sans nouvelles… et tu te réveilles maintenant ? » Le silence dans une dispute, c'était comme verser de l'eau sur des braises. Tenter de calmer le feu, le retarder. Sauf que la fureur de Virginie était trop vive et qu'elle avait hurlé encore plus fort :

— L'armoire de ma grand-mère, où est-elle ? Tu m'entends : où est-elle ?

— Chez une amie, à quelques rues.

— Chez une amie, tu dis… Avec mon album photo, mon journal intime et mes diplômes à l'intérieur ?

Guillaume l'avait regardée d'un air hébété se demandant si elle parlait sérieusement. Qui rédigeait encore un journal intime passé trente ans ? Son ex, manifestement. Ses amis avaient transporté le meuble sans même l'ouvrir, comme on se débarrasse d'un objet encombrant. Et ce n'était pas la colère de Virginie qui l'inquiétait le plus à présent mais le fait qu'Elsa – et Marie surtout – puisse tomber sur ses effets personnels. Et sur les fameuses casseroles qu'il traînait.

— Je vais tout récupérer…

— Et la lettre que j'avais glissée à l'intérieur, la dernière fois que je suis venue ? Celle que je voulais que tu lises. Elle est chez ton amie aussi ? avait-elle gémi, les larmes au coin des yeux. Je pense qu'elle va être ravie de découvrir ta vraie nature.

— Une lettre ?

— Le seul moyen que j'ai trouvé de communiquer avec toi sans m'énerver. Regarde un peu dans quel état je suis aujourd'hui… Quel monstre tu fais !

Cette dernière phrase, crachée avant de tourner les talons, lui avait fait l'effet d'une douche froide. Comme dans une pièce de théâtre, Virginie aimait soigner ses sorties. Toujours avec l'art de claquer les mots avant de claquer la porte.

Un demi-visage apparut derrière la chaîne. Un œil inquiet plus précisément. Elsa prétexta, cette fois, qu'elle était en train de se faire un shampooing et qu'elle en avait encore plein les cheveux. Vraiment, elle était désolée, mais elle ne pouvait pas lui ouvrir. Il insista fermement et poliment. De toute façon, il n'était pas pressé et il avait quelque chose d'important à lui proposer. Cette dernière information sembla l'effrayer et il lui assura que ça lui ferait plaisir. Ils n'avaient qu'à se retrouver en bas, à la pâtisserie. Une habile manière de la pousser dehors et de la présenter à Raphaël.

— Donne-moi un peu de temps alors, finit-elle par accepter contre toute attente.

— D'accord… mais si tu tardes trop, je vais finir tous les gâteaux ! Tant pis pour toi.

Elsa se présenta une demi-heure plus tard, habillée comme une étudiante, les cheveux humides et détachés qui couraient sur son dos. Guillaume reconnut les tennis blanches de Marie et se retint de faire le moindre commentaire. À part son teint blafard, ses traits un peu tirés, rien ne laissait supposer que cette gamine avait connu l'enfer.

— Elsa, je te présente Raphaël.

Le pâtissier parut surpris.

— On ne s'est pas déjà vus ? Votre visage m'est familier.

Guillaume sourit. Ne lui avait-il pas posé la même question la première fois ? Vu la moue gênée de l'intéressée, elle préférait manifestement que Raphaël ne s'en souvienne pas.

— J'ai pris tout un assortiment de cupcakes, annonça Guillaume en la conduisant à sa table. Je te laisse choisir.

Elle opta pour le plus gros – celui au citron avec un glaçage au beurre sur le dessus –, qu'elle entama goulûment, une manière d'éviter la conversation.

— Au fait, merci pour les frites, marmonna-t-elle entre deux bouchées.

— Compliqué de faire les courses pour quelqu'un d'autre, surtout quand on ne connaît pas ses goûts…

Mais avec les frites, je me suis dit que je ne prenais pas un grand risque.

— Non, c'est chouette… c'est McDo tous les jours.

De sa part, c'était un compliment manifestement. Guillaume s'empressa de lui verser une tasse de thé, la voyant gesticuler sur sa chaise, avant qu'elle invente une excuse pour partir. Elle lui paraissait si jeune. N'était-ce pas bon signe ? Qu'elle retrouve un peu d'enthousiasme. Un peu de candeur. Quelle jeune fille était-elle avant de se retrouver à la rue ? Il repensa au message qu'elle leur avait laissé. Sa belle écriture, l'absence de fautes d'orthographe. Sa manière de se tenir, d'observer, de répondre. Tout laissait supposer qu'elle avait eu une certaine éducation. Il osa poser une première question :

— Dis-moi, ça m'intrigue… Pourquoi laisses-tu ta fenêtre ouverte ?

Elle posa ses mains en corbeille autour de sa tasse chaude et mit un certain temps à répondre.

— Au début, j'avais l'impression d'étouffer… Mais ça va mieux maintenant. Surtout n'en parle pas à Marie !

— Je ne comptais pas en parler, la rassura-t-il tout de suite. Le principal, c'est que tu te sentes mieux. (Elle esquissa une moue reconnaissante.) Et la musique ? C'est parce que tu trouves les abords du cimetière trop silencieux ? Je n'ai rien contre le jazz, au contraire, mais…

— Je vais faire un effort là-dessus aussi, le coupa-t-elle en souriant. Tu dois te dire que je suis folle.

— Euh… Sais-tu que le type devant toi vit dans un

appartement vide, dort par terre et se nourrit exclusivement de chips ? Alors, à ce jeu-là, je pense que c'est plutôt lui – enfin moi – le plus timbré des deux.

— OK, tu as gagné, dit-elle timidement en amenant la tasse à sa bouche. Au fait… tu n'avais pas une proposition à me faire ?

— Si… au sujet de demain soir.

— Le réveillon du 31 décembre ?

— Chaque année, on organise une fête au pub. Un dîner irlandais, avec de la bière qui coule à flots, une soirée dansante… Je ne te cache pas que je considère ça comme une corvée. Mais faut bien faire le job ! Et le patron compte sur moi pour trouver un extra.

— Un extra ?

— Oui, quelqu'un pour nous aider au service. Un travail rémunéré bien sûr.

— J'aimerais que tu donnes mon nom, s'il te plaît ! répondit-elle avec empressement, en le regardant droit dans les yeux.

— Ça tombe bien, c'est déjà fait… Je leur ai dit que je n'étais pas sûr que tu veuilles bien descendre de ton perchoir, mais je suis rassuré maintenant.

Elle engouffrait machinalement le dernier cupcake avec un soupir de satisfaction, quand une main ferme se posa sur son épaule.

— J'ai trouvé ! leur annonça Raphaël, d'un air victorieux. Tu étais venue à la boutique, il y a quelques mois, pour me proposer tes services. On avait parlé de brioche vendéenne… À ce propos, je devais te rappeler, non ? Désolé, je n'ai pas pris le temps.

Guillaume la vit se crisper et se recroqueviller sur sa chaise et il jugea bon de lui venir en aide.

— Je viens justement de l'engager pour le réveillon !

La vendeuse de brioches acquiesça en silence. Ne venait-elle pas, malgré elle, de lui livrer un détail de son passé ? Et voilà qu'il espérait en savoir plus. Lui qui n'avait pas l'habitude de se mêler de la vie des autres, il ne se reconnaissait plus. D'abord Marie, puis Elsa. De quelle vie allait-il s'occuper maintenant ? N'était-ce pas un bon moyen de faire un pied de nez au monstre d'égoïsme dépeint par Virginie ? Un moyen de redonner un peu de sens à son existence.

27

Push-up

Il n'y avait que Gabriel pour avoir l'idée et les moyens d'acheter un endroit pareil ! Un phare surplombant les falaises de la presqu'île de Crozon, perdu au milieu de la lande et des pins maritimes. L'ami d'enfance de Marie restait très mystérieux sur les circonstances qui l'avaient amené à faire son acquisition. D'ailleurs, n'avait-il pas attendu des années avant de lui révéler son existence ? Ce refuge, à une heure de Brest, c'était son secret. Un lieu ressource qu'il partageait depuis peu avec sa petite amie Anna et qu'il comptait présenter à tous ses amis le jour du réveillon. La joyeuse bande avait prévu de s'entasser dans la seule pièce de la bâtisse – la chambre du gardien –, de danser autour du poêle à bois et de trinquer à la nouvelle année, tout en haut, autour de la lanterne rouge. Un dôme de verre où l'on accédait par un escalier à vis, qui offrait un panorama à couper le souffle, avec l'océan dans toutes les directions.

Marie avait eu le privilège de découvrir cet endroit, peu avant son départ à Paris. Elle en conservait un souvenir si magique qu'elle l'avait dessiné sur le miroir de son studio – avec ses façades blanches, ses pierres d'angle en granit, sa tour encapuchonnée de rouge ; si bien qu'en le retrouvant aujourd'hui elle avait l'impression de ne jamais l'avoir quitté. La veille de la fête, elle avait proposé à Gabriel de le rejoindre avant tout le monde, pour l'aider à tout préparer. Une excuse pour profiter de son ami – seule à seul – comme au bon vieux temps, prendre le temps de se balader sur la plage, courir sur les sentiers côtiers et surtout dormir à la belle étoile près de la lanterne. Une expérience inoubliable selon Gabriel, qui avait tout prévu pour exaucer son vœu, même en plein hiver : le matelas de camping, la pile de couvertures, sans oublier le radiateur qui lui donnerait l'illusion d'une brise tropicale soufflant au-dessus de sa tête. Et avant de la laisser seule en haut de son donjon, Gabriel installa leur pique-nique – saucisson, bière et pâté Hénaff – et prit place à ses côtés.

— Alors, raconte… Ça se passe comment à Paris ? J'imagine que tu es déjà présidente de l'internat et cheffe animatrice de tout l'hôpital.

— Ben, non… Je ne traîne pas avec les autres internes, j'ai plutôt rencontré des voisins de quartier. Grâce au site Leboncoin, figure-toi.

— Leboncoin ? C'est un site de rencontres aussi ?

Marie leva les yeux au ciel.

— J'avais besoin de quelques meubles et j'ai trouvé une annonce qui correspondait.

— Et qui se cache derrière cette annonce ?

— Il s'appelle Guillaume… Il est barman près de chez moi, se méfie des femmes, ne boit jamais d'alcool et il est aussi bourru que toi. Bref, un bon pote !

Gabriel sourit et lui tendit sa bouteille de bière pour qu'elle prenne une gorgée.

— Ce bon pote… C'est grâce à lui que tu t'es mise à porter des soutiens-gorge ?

Marie le frappa avec l'oreiller pour le faire taire.

— Pas du tout ! Je viens de l'acheter, figure-toi ! C'est ma frangine qui m'a traînée dans les magasins.

Gabriel prit un air pensif en tartinant son pain. Comment faisait-il pour la percer à jour ? Donner du sens aux détails ? Deviner ce qu'elle avait sur le cœur ? Sans doute parce que son ami d'enfance la connaissait mieux que personne. Marie détourna la conversation comme elle put, dévora plusieurs tartines elle aussi, décapsula une autre bouteille, réclama un combat de boxe « pour du beurre » ou une partie de cartes pour être certaine de le battre. Tout moyen était bon pour qu'il ne pose plus de questions. Ce n'est qu'une fois seule, allongée face aux étoiles – ou plutôt à celles qu'elle imaginait scintiller dans le noir opaque –, que Marie repensa à son drôle d'achat. Ce bout de tissu qu'elle s'était empressée d'ôter – une fois son ami descendu – en l'accrochant à la lanterne, comme un trophée de guerre. Pourquoi avait-elle accepté d'accompagner sa sœur ? Avait-elle eu l'envie de passer du temps avec elle, de mieux la connaître ? Depuis qu'elle avait rencontré Elsa, Marie réalisait que sa cadette n'était plus une adolescente geignarde et superficielle mais une adulte qui allait devoir envisager un jour de quitter le nid familial, faire des études, se prendre en main. Encore fallait-il qu'elle parvienne à se lever avant midi et à lâcher son téléphone plus de cinq secondes ! Un pari qu'elle avait relevé durant toute leur séance shopping rue de Siam. Son enthousiasme avait surpris Marie qui s'était laissé entraîner dans les magasins sans broncher et en était ressortie avec une improbable robe à paillettes et une paire d'escarpins à talons.

— Tu me promets que tu vas les mettre pour le réveillon ? avait couiné sa cadette, toute fière de leurs achats, alors que Marie se montrait plus indécise.

— À une soirée déguisée plutôt, si le thème correspond : « strass et paillettes » ou « le ridicule ne tue pas » par exemple.

— Moi, je te trouve canon ! Il ne te manque plus qu'une seule chose pour être parfaite, avait-elle ajouté en la poussant vers une dernière vitrine.

— Quoi encore ?

Face au miroir, Marie avait détaillé sa poitrine. Sa peau blanche et translucide, le maillage bleuté de ses veines, ses mamelons clairs et immenses, comparés au volume ridicule de ses seins. Sur celui de droite, elle avait repéré le grain de beauté qui ne la quittait pas depuis l'enfance. Une tache sombre et régulière noyée au milieu de l'aréole. Petite, elle la surveillait régulièrement, se demandant comment elle évoluerait à la puberté. Grossirait-elle en même temps que sa poitrine ? Prendrait-elle du relief ? Ou resterait-elle insignifiante ? Des questions qu'elle avait arrêté de se poser quand son corps avait commencé sa métamorphose. À croire qu'avec le temps elle avait perdu cette curiosité. Faut dire, l'adolescence avait été une succession de déceptions : des seins trop petits, des poils qui avaient tardé à pousser, un bassin qui ne s'était jamais arrondi. Le grain de beauté n'avait pas bougé lui non plus, elle s'en rendait compte maintenant. Il était même difficile de le discerner au milieu des reliefs de son aréole. Pourquoi ne s'aimait-elle pas ? C'était dur à expliquer. Elle se rappelait les propos de Mme Serda, sa patiente. La magie qu'elle attribuait à cet endroit du corps. Sa poitrine borgne qui la gênait tant, comme si elle considérait ses mamelons comme des yeux. Marie s'était demandé si, à sa place, elle y aurait accordé autant d'importance. Jusqu'à souffrir pour les reconstruire. Elle s'était demandé si un jour quelqu'un les trouverait désirables. Si un jour elle aurait des enfants. Le sentiment d'être une mère nourricière. Une mère tout court, c'était déjà difficile de l'envisager. Sa sœur était venue aux nouvelles :

— Alors, ce bonnet A ? Ça te va ?

Marie lui avait tiré la langue derrière le rideau. Pourquoi appeler ça un « push-up » quand il n'y avait rien à remonter ? Quel scandale de vendre un bout de tissu aussi cher ! Et cette dentelle qui lui grattait le dos ! Sans parler des armatures qui lui piquaient la peau ! Qu'on ne lui dise pas qu'il fallait souffrir pour être belle. Une ânerie pareille !

— Très bien, s'était-elle entendue prononcer, en se donnant des baffes. Je crois que je vais le prendre.

La joggeuse avait réussi à semer son partenaire et s'arrêta un instant pour regarder le paysage. En contrebas, la plage de l'île Vierge sortait tout juste de la brume matinale. Et les pins couchés par le vent semblaient tenir en équilibre instable au-dessus des falaises.

— C'est toi qui es spécialement en forme ou moi qui vieillis ? ronchonna Gabriel d'une voix essoufflée, en la rejoignant quelques secondes plus tard.

— J'avais l'esprit ailleurs, excuse-moi… je n'ai pas fait attention.

— Hey ! Depuis quand tu ne me remets plus en place ? La vraie Marie n'aurait pas hésité à pincer mes bourrelets ou à compter les rides sur mon front.

Elle haussa les épaules en regardant l'horizon.

— Je crois que je vais rentrer à Paris plus tôt que prévu, ça ne te dérange pas ?

— Anna et les autres arrivent dans quelques heures, tu ne veux pas les attendre ? Ils vont être déçus de ne pas te voir.

— La vraie Marie aurait fait passer ses amis en premier, je sais, soupira-t-elle d'une moue désolée.

Gabriel passa son bras derrière son dos et la serra contre lui.

— Tu veux que je t'avoue quelque chose ? La vraie Marie m'inquiétait parfois… À force d'être la meilleure amie de tout le monde, la plus drôle, la plus enquiquineuse, elle oubliait de penser à elle.

— Arrête…

— J'ai tort ? Regarde tout ce que tu as fait pour nous. Marie-Lou, Anna, moi… Ça ne te fait pas de mal de prendre un peu le large et vivre ta propre histoire. Loin de nous. J'ai l'impression que tu avais besoin de ça pour t'ouvrir aux autres et te faire confiance.

Marie se tourna vers lui en fronçant les sourcils.

— Gabriel, tu me fais peur quand tu parles comme ça. Je déteste vivre loin de vous, tu le sais !

— Oui, moi aussi… mais il y a de la place pour d'autres ! Et là – même si tu ne l'avoueras jamais – tu es en train de faire de la place à quelqu'un, je me trompe ?

— Si tu me reparles de ce push-up, je te mets à la baille !

Gabriel sourit.

— La nouvelle Marie qui porte des soutiens-gorge – enfin des push-up –, qui rêvasse, qui doute, qui n'a plus peur d'être triste, elle me plaît bien aussi… Allez, file ! Avant que je regrette ce que je viens de dire.

28

L’image qui sautille

Le 31 décembre, Elsa s’était réveillée aux aurores avec l’excitation et les mêmes préoccupations qu’une écolière le jour de la rentrée. Serait-elle à la hauteur ? Comment allait-on l’accueillir ? Et surtout quelle tenue allait-elle bien pouvoir se mettre ? Un problème qu’elle devait résoudre impérativement avant dix-huit heures en retournant dans la boutique solidaire conseillée par Josette. Cette fois, elle n’opterait pas pour une horrible tenue de camouflage mais pour des vêtements plus ajustés, plus féminins aussi. En se regardant dans la glace, ce matin-là, elle réalisa avec soulagement que les stigmates de la rue s’atténuaient peu à peu : ses pommettes reprenaient des couleurs, devenaient moins sèches, ses doigts moins gercés, ses ongles moins cassants. Sans compter qu’elle avait réussi la prouesse de démêler et dompter sa tignasse en une queue-de-cheval haute qui dégageait son visage. Le voir ainsi mis en lumière lui procura une drôle d'impression, comme si elle se découvrait pour la première fois. Avait-elle déjà remarqué la hauteur de son front ? La noirceur de ses yeux ? La pâleur de sa bouche ? D'ici à ce qu'elle s'accepte, il y avait encore du chemin à parcourir – à ce qu'elle approche un homme aussi. Mais avec Guillaume, c'était différent. À aucun moment elle n'avait perçu d'ambiguïté chez lui. Peut-être parce que – initialement – c'était Marie qui lui avait demandé de l'approcher et qu'elle l'avait toujours senti sincère et bienveillant à son égard. Cette proposition de travail n'en était-elle pas la preuve ? Elsa s'était présentée dix minutes en avance – les mains dans les poches, la peur au ventre – et avait préféré l'attendre sur le trottoir plutôt que pénétrer seule à l'intérieur du pub. Jean noir, pull beige, doudoune fine et cintrée, voilà ce qu'elle avait pu dénicher de plus approprié pour le poste. Comme si l'opération de camouflage continuait à sa manière et que seuls changeaient le décor et le rôle qu'elle jouait. Quand s'autoriserait-elle à être elle-même ? Qui était-elle d'ailleurs ?

— Ça va bien se passer, tu verras, la rassura Guillaume sur un ton paternel avant de pousser la porte. Si tu as le moindre problème… surtout, tu me le fais savoir.

Cette phrase, Elsa se la répéta toute la soirée pour se donner du courage. Si bien qu'elle ne fut même pas impressionnée quand le patron – un grand gaillard avec une grosse barbe grisonnante et une bedaine de buveur de bière – vint la saluer de sa voix grave et rocailleuse. Même pas apeurée quand une fille survoltée couverte de piercings lui sauta dessus pour lui dire ce qu'elle avait à faire. À commencer par mettre des photophores sur les tables, installer les guirlandes, la boule à facettes, préparer les petits-fours.

— Au fait… moi c'est Gladys, et toi ? s'était-elle présentée, une fois sa liste de tâches énumérée, en plaquant ses mains sur ses épaules comme si elles se connaissaient depuis toujours.

Il n'y avait pas de caractère autoritaire dans ses propos, juste de l'excitation, et Elsa la trouva plutôt sympathique. Un peu trop tactile et familière à son goût mais, venant d'une femme, ça restait tolérable.

— Deux bougies par table, c'est bien, continua-t-elle sur sa lancée. Tu peux déjà les allumer, pour que les clients se sentent tout de suite dans l'ambiance… Guillaume ? Besoin d'un coup de main pour la préparation du cocktail ?

— Oui, chef ! Combien de tranches de citron dois-je mettre dans chaque verre ?

— Tu te moques de moi ?

— Un peu… Juste un peu, rétorqua-t-il le sourire aux lèvres, en se laissant décoiffer sans broncher.

D'un coup de pouce, Elsa alluma le briquet puis l'approcha du photophore en l'abritant avec son autre main. Elle avait toujours aimé la lumière d'une bougie. La flamme ondulante qui faisait sautiller les images, clignoter les ombres, qui invitait au rêve. Et puis l'odeur de cire chaude lui rappelait celle des églises lorsqu'elle accompagnait sa grand-mère à la messe. Un moment profondément ennuyeux pour une fillette de six ans, mais ce n'était pas l'impression qui lui restait. La cire, c'était la main chaude de son aïeule dans la sienne, c'était sa voix chevrotante et fausse qui chantait « allez Louia ! » pendant qu'elle cherchait ce fameux Louia au milieu de l'assemblée. La cire, c'était le dimanche, quand il voulait dire quelque chose. C'était le bonheur naïf de l'instant présent. Plongée dans ses pensées, Elsa était en train de jouer les équilibristes sur une chaise pour accrocher la boule à facettes au-dessus de la piste de danse quand Raphaël, le pâtissier, fit une entrée remarquée. De ces habitués qui préfèrent se rendre au pub les soirs de fête plutôt qu'aider leur femme à tout préparer. Elsa fut surprise de voir une queue de billard posée fièrement sur son épaule, tel un pêcheur portant sa canne. Une queue démesurément grande, gravée au nom du champion.

— Tiens, voisine ! Comment vas-tu ? l'apostropha-t-il, avec sa bonhomie habituelle. Je te trouve bien silencieuse, ces temps-ci. Tu n'es pas malade, j'espère ?

— Non, au contraire. Tout va bien.

— Un petit remontant, Raphaël ? proposa Guillaume depuis le comptoir, voyant Elsa qui tanguait sur sa chaise, mal à l'aise.

— Qu'est-ce que tu concoctes ? Ça sent bon les épices… Un grog ?

— Un Hot Irish Whiskey. Une tradition en Irlande pendant les fêtes de Noël !

Le pâtissier s'approcha, intrigué.

— Quoi ? Tu noies le whisky dans l'eau chaude ? Mais c'est un crime ! Tu veux endormir tes clients ? Leur faire croire qu'ils boivent de la tisane ? Une tisane « Nuit tranquille ». Ha ha ha ! Elle est bonne, celle-là !

Guillaume s'efforça de sourire et lui tendit sa pinte de bière blonde habituelle.

— Alors, cette journée ? Chargée, j'imagine.

— Je suis épuisé ! Je crois que j'ai confectionné tous les gâteaux des réveillons du quartier ! Sans compter ceux qui se pointaient à la dernière minute : « Vous n'auriez pas une bûche pour huit personnes ? » J'ai dû fermer le rideau à dix-huit heures pour les faire fuir.

— Quel succès !

— Incroyable ! Il ne me restait plus rien ! Même pas un cookie ! renchérit le joueur de billard en rejoignant ses acolytes.

Guillaume leva son pouce en direction d'Elsa pour lui signifier que la fête pouvait commencer. Celle-ci, tout juste descendue de son perchoir, éteignit les plafonniers un à un ; et les images se mirent à sautiller comme elle l'avait prédit. Les verres à s'entrechoquer. Les voix à s'entremêler et à résonner de plus en plus fort. L'odeur de cire chaude à laisser place à celle des épices, de l'alcool et du ragoût d'agneau qui mijotait dans la pièce attenante. Grisée par l'ambiance et concentrée sur sa tâche, Elsa ne prêtait pas attention aux gens qui entraient et qui sortaient fumer sur le trottoir. Le tout était de réussir à slalomer entre les tables pour distribuer ses petits-fours sans faire tomber son plateau, ni shooter dans une chaise. Pas question de faiblir, de baisser le rythme et risquer de décevoir l'homme derrière le comptoir. Qu'observait-il avec tant d'intensité d'ailleurs ? À son air médusé, on aurait dit qu'il venait d'avoir une apparition. Et quelle apparition ! Sur le seuil de la porte, une image se détachait des autres et sautillait au rythme des bougies. Qui était donc cette invitée surprise – belle, sexy, élégante – qui prenait un malin plaisir à défier des yeux le barman ? Elsa mit quelques secondes à la reconnaître. Manifestement, elle n'était pas la seule à maîtriser l'art du camouflage.

29

L'alcool nous fait dire tout haut ce qu'on pense tout bas

Son couteau glissa sur l'agrume et manqua d'entailler son doigt. Voilà ce qui arrivait quand on ne regardait pas ce qu'on faisait ! Guillaume abandonna son outil pour se concentrer sur une seule chose : la silhouette qui venait d'apparaître sur le seuil de la porte. Une vague de chaleur déferla sur son corps et vint s'enrouler au niveau de sa gorge. Une sensation oppressante et délicieuse à la fois, comme un gâteau brûlant avalé trop vite par excès de gourmandise. Était-ce l'effet de surprise ? Les vapeurs d'alcool qui lui montaient à la tête ? Ou le désir que cette femme attisait en lui ? Guillaume n'était pas en mesure de réfléchir. Perchée sur ses talons aiguilles, le dos cambré, la poitrine en avant, ce n'était pas la plouc qui se tenait face à lui. Impossible ! Une de ses compatriotes peut-être ou sa grande sœur… À moins qu'il ne l'ait jamais vraiment regardée. Quand la diva en robe fourreau avança dangereusement vers lui, d'une manière un peu gauche, telle une mannequin apprenant à défiler, Guillaume déglutit plusieurs fois avant de se rendre à l'évidence : Marie était bel et bien de retour.

— T'as perdu ta langue, Glenfiddich ? l'aborda-t-elle de but en blanc, en pointant sur lui ses grands yeux effrontés surlignés de noir.

— Et toi, tu as perdu tes fringues, à ce que je vois !

Elle acquiesça d'un air satisfait et fit glisser son manteau le long de ses épaules pour le provoquer.

— Je me suis mise sur mon trente-et-un… Normal pour un 31 décembre, non ? Ça ne te plaît pas ?

Le barman préféra baisser les yeux de peur que la réponse ne se lise sur son visage.

— Je te sers quelque chose ?

— Ce n'est pas de refus ! Ce long trajet m'a donné soif !

Lorsqu'elle se pencha pour observer les tasses fumantes sur le comptoir, elle lui offrit une vue imparable sur son décolleté et – faute d'avoir un extincteur sous la main – Guillaume s'empressa d'ouvrir la porte du réfrigérateur.

— J'ai acheté ça spécialement pour toi, dit-il en brandissant une bouteille en plastique. Ça devrait te faire plaisir !

Marie fit la grimace, alors qu'il lui versait un grand verre.

— Du lait Ribot ? Pour un réveillon ? C'est une blague ?

— Rien de tel pour rester sobre, non ?

— Mais je ne veux pas rester sobre ! s'offusqua-t-elle en échangeant son lait contre un des cocktails du plateau. Toi, tu travailles… Mais moi, je suis là pour m'amuser !

Du coup, c'est Guillaume qui trempa ses lèvres dans la boisson fraîche à sa place, en la regardant s'éloigner. Lui qui prit un air contrarié – de celui qui ne s'attendait pas à ce goût salé, cette texture de yaourt, et qui aurait aimé la retenir plus longtemps. On aurait dit une ado, bien décidée à prendre sa première cuite. Qui ne se rendait absolument pas compte de l'effet suscité par sa tenue minimaliste. De tous ces cols de chemise qui se retournaient à son passage. Était-elle sincère en lui disant qu'elle n'intéressait pas les hommes ? L'amie idéale – comme elle se surnommait – ne manquait pas de sex-appeal en tout cas. Et Guillaume aurait bien fait valser toutes ces chemises s'il avait pu. Mais la raison – et son sens du métier – le poussa à rester à sa place et à reprendre la taille des citrons. Comment allait-il faire pour l'ignorer toute la soirée ? Celle-ci venait d'intercepter Elsa en plein service et ses gloussements de surprise avaient bien failli lui faire renverser son plateau. La pauvre – elle qui avait tellement à cœur de bien faire son travail – se retrouvait maintenant avec une plouc survoltée sur le dos. Le contraste entre les deux femmes l'amusa : la retenue de l'une et l'effervescence de l'autre. Comme si – ensemble – elles atteignaient une sorte d'équilibre. Ne s'étaient-elles pas bien trouvées toutes les deux ?

— Guillaume et ses drôles de dames, lui susurra

Gladys, alors qu'elle passait derrière le comptoir. Je ne sais pas laquelle tu dévores avec ces yeux de merlan frit, mais ça vaut le détour.

— Gère donc le plat de résistance plutôt que t'occuper de moi ! soupira-t-il en se laissant décoiffer encore une fois. L'Irish Stew ne va pas se préparer tout seul !

— L'Irish Stew est déjà prêt, figure-toi, gardé bien au chaud dans des conteneurs isothermes… J'attends juste que tu finisses les cocktails avant de faire chauffer les assiettes !

Le merlan frit joua l'indifférence et décida de se faire plus discret, de ne plus se préoccuper du sort de Marie. Même quand, un peu plus tard, elle s'allongea d'une façon totalement indécente sur la table de billard en cherchant la meilleure trajectoire pour sa boule. Quand elle lança ses chaussures pour se mettre à l'aise et fit des bonds sur la piste de danse en criant qu'elle était la reine de la zumba. Ou quand elle escalada le tabouret pour s'asseoir sur le bar et lui tira le tablier pour qu'il s'approche plus près. Même là, il ne bougea pas d'un pouce.

— Tu danses avec moi ? proposa-t-elle, un sourire enjôleur aux lèvres.

— Non… Je travaille.

N'aurait-il pas dû insister un peu plus pour le verre de lait Ribot ? S'il avait été plus convaincant, peut-être n'aurait-elle pas été dans cet état-là…

— Rabat-joie ! lâcha-t-elle en se renfrognant soudainement. Tu sais que je t'ai rapporté des crêpes et de l'andouille comme tu me l'as demandé ?

— Merci.

— Remercie-moi mieux que ça !

Il eut un mouvement de recul.

— Comment ?

— Comme ça !

Elle fondit sur lui avant qu'il puisse réagir. Dans son élan, elle tomba dans ses bras, de l'autre côté du comptoir. Sa poitrine collée à lui, ses mains sur sa nuque et ses lèvres aventureuses qui dévoraient déjà les siennes. Jamais baiser ne lui avait fait cet effet-là. Un goût d'interdit, d'intensité. Un jeu de va-et-vient délicieux, mêlé de rires et de soupirs. Un jeu ? Une lutte intérieure plutôt, qu'il ne parvenait pas à raisonner. D'un côté, le désir urgent d'aspirer sa bouche tout entière et de l'autre, celui de la repousser. Un soupir de plus et il choisit son camp.

— Marie, arrête, souffla-t-il en lui agrippant les poignets et en dénouant lentement son étreinte.

— Embrasse-moi, Glenfiddddddich… Embrasse-moi encore.

Cette fois, il n'y avait pas de provocation ni d'arrogance dans ses propos. Elle le suppliait juste, d'une adorable manière, en essayant de calmer sa respiration. En prenant un air désemparé et vulnérable à la fois. Un air qu'il ne lui connaissait pas. N'importe qui lui aurait rendu son baiser. N'importe qui. Mais l'idiot qu'il était – et ce n'était pas Gladys qui allait le contredire – la laissa partir en traînant les pieds. Son rimmel qui bavait sur ses joues et sa frange qui battait de l'aile.

— Toi… pas un mot ! ordonna-t-il à sa collègue

qui venait d'apparaître dans l'embrasure de la porte de service.

— Je n'ai rien dit ! Mais…

— Mais quoi ?

— Mais… j'ai tout vu ! ricana-t-elle.

— Justement, soupira-t-il d'un air las. Veille à ce qu'elle ne fasse pas la même chose avec tous les autres mecs de la soirée !

— T'inquiète ! Les autres, elle les rembarre. Je l'ai déjà vue faire ! Même bourrée, cette fille ne manque pas de repartie. Crois-moi, elle savait très bien ce qu'elle faisait en sautant dans tes bras.

— Crois-moi… elle ne savait pas ce qu'elle disait.

— Au contraire… L'alcool nous fait dire tout haut ce qu'on pense tout bas. C'est bien connu.

Un point commun que Gladys partageait avec Virginie, son ex : toujours avoir le dernier mot !

Depuis combien de temps l'avait-il perdue de vue ? Il se rappelait que la diva tenait toujours debout quand Gladys, à trois heures du matin, avait fait savoir aux clients qu'il était l'heure de rentrer. Quand Elsa avait empoché fièrement son salaire et s'était inquiétée pour Marie – comme si leurs rôles étaient inversés. Guillaume lui avait alors promis de la raccompagner. Mais le temps de ranger les verres, déplacer les fûts de bière dans la remise, la belle s'était endormie sur la méridienne près de la table de billard. En position fœtale, la robe remontée sur les cuisses et les bras croisés sur la poitrine. Guillaume lui caressa la joue avec le dos de la main. Quel spectacle lui avait-elle servi ce soir ! Avait-elle vraiment tout prémédité ? De son entrée fracassante au baiser passionné ? Il refusait de le croire. Elle cligna des paupières et sursauta à sa vue. Il lui souriait pourtant.

— Allez, viens ! l'encouragea-t-il en lui tendant son bras. La fête est finie, je te ramène.

30

Comme si de rien n'était

Marie n'était pas près de l'oublier, cette tisane ! Solution de facilité – ou pas –, elle la tenait pour unique responsable des dérapages de la veille. De l'état déplorable dans lequel elle se trouvait au réveil également. Qui aurait cru qu'un simple clignement de paupières puisse être aussi douloureux ? Incapable de bouger, son corps lui donnait l'impression d'avoir été moulé dans le matelas comme si un artiste avait eu l'idée farfelue de réaliser son empreinte dans la nuit. Et lorsque son téléphone vibra à son oreille, qu'elle dut lever le bras pour l'attraper dans son sac, elle crut soulever un haltère.

— *Demat*[1], la Parisienne ! chanta Gabriel, dont le visage enjoué venait d'apparaître sur l'écran. Les mouettes se joignent à moi pour te souhaiter une bonne année, tu les entends ? (La lanterne

1. « Bonjour » en breton.

rouge en arrière-plan venait de lui envoyer un signal d'urgence : désactiver le mode « FaceTime » avant d'être démasquée.) Ah… je ne te vois plus, c'est normal ?

— Bonne année, bougonna-t-elle au bout du fil.

— Alors ? Heureuse ?

— Alors… tu connais le Hot Irish Whiskey ?

— Non, c'est quoi ? Le nom de ton pub ?

— Un cocktail…

Elle l'entendit rire.

— Une sorte de « Gobe-mouches », en plus « hot » ?

— Oui, en pire.

— Aïe… toi, tu as quelque chose à te faire pardonner.

N'était-ce pas le propre d'un ami d'enfance ? Être capable de vous percer à jour, même à des centaines de kilomètres ? Marie sentit les coups marteler sa tempe et coupa court à la conversation. Combien de neurones avait-elle perdus dans la nuit ? Marie-Lou, sa copine neurologue, ne se serait pas privée de lui faire la leçon. En tout cas, sa mémoire n'avait pas dû être trop affectée car elle se rappelait tous les détails : son excitation à la sortie du train, l'air embarrassé de Guillaume en la voyant débarquer, sa désillusion lorsqu'il l'avait rembarrée. Quelle honte ! Comment pourrait-elle le regarder en face après ça ? Pourquoi gâchait-elle toujours tout ? Dès qu'un homme lui plaisait, elle se mettait à paniquer et, dans la précipitation, l'autre Marie prenait le dessus – l'adepte des coups d'éclat. Se donner en spectacle dans son propre salon ou dans un foyer d'internat en médecine, passait encore… Mais dans un pub parisien au milieu d'une foule d'inconnus ? Guillaume avait été bien aimable de la ramener chez lui. Aimable n'était pas assez fort. Adorable était le mot. Comme son air faussement innocent ce matin. Un air de rien qu'elle chercha à imiter.

— Je me fais un café, tu en veux un ? l'interrogea-t-il depuis le coin cuisine – enfin, ce qu'il en restait : une machine posée à même le parquet.

La fêtarde fit l'effort surhumain de soulever sa tête et plissa les yeux dans sa direction.

— Non, merci… Un verre de lait Ribot à la rigueur.

L'homme au chignon sourit. Preuve qu'il n'était pas amnésique. Pas rancunier non plus.

« Comme si de rien n'était » devint sa nouvelle maxime, et la nouvelle année reprit tranquillement le cours de la précédente. Avec un certain soulagement, Marie retrouva le chemin de l'hôpital. Un endroit où elle savait qu'elle ne se ridiculiserait pas. Où le style vestimentaire se résumait au pyjama blanc et n'autorisait pas les robes à paillettes. Où la vie personnelle restait dans le casier du vestiaire. Comme si de rien n'était, la gynécologue s'apprêtait à appeler sa première patiente de l'après-midi quand une conversation dans la salle d'attente attira son attention. Deux dames d'un certain âge discutaient haut et fort et prenaient le couloir de l'hôpital pour un salon de thé.

— Aujourd'hui, on ne charcute plus les femmes comme avant, déclara l'une sur un ton péremptoire.

— De toute façon, moi, je n'aurais jamais accepté qu'on me supprime mes seins ! rétorqua l'autre.

— Je préfère encore perdre mes cheveux.

— Moi aussi ! Au moins, ça repousse…

À ces mots, Marie vit sa patiente se décomposer puis se lever subitement de sa chaise.

— Excusez-moi, mesdames… J'ai trente-deux ans, on m'a enlevé les deux seins. Eh oui, comme Angelina Jolie… Ça arrive même aux meilleures d'entre nous, vous voyez ? Et je le vis plutôt bien. Rassurez-vous, ce n'est pas un charcutier qui m'a fait ça… mais un médecin, diplômé d'État. Comme celle qui vous regarde en ce moment ! dit-elle en désignant Marie. Bonjour, docteur. C'est à mon tour ?

— Hum… oui, c'est à vous, confirma Marie – tout sourire – en posant les mains sur ses hanches, alors que les deux femmes, honteuses, baissaient la tête. Je suis désolée, c'est le problème des salles d'attente, ajouta-t-elle une fois la porte refermée.

— Pas de problème. Je me suis bien défoulée ! La dernière fois, ce n'était pas mieux. Il y en a une qui m'a parlé du décès foudroyant de sa cousine et l'autre de son mamelon qui sentait le cochon grillé après l'opération. On s'habitue, à force… De toute façon, rien ne peut m'atteindre. En ce moment, j'ai un moral d'acier !

— Vraiment ?

— Vous savez quel est le meilleur antidépresseur pour une femme qui a subi une intervention comme la mienne ? (Marie secoua la tête, curieuse d'en savoir plus.) Se faire séduire par un homme au réveillon du Nouvel An. Ça m'a fait un bien fou, je vous assure !

— J'imagine…

Et quand un homme vous repousse lamentablement, ça fait quoi ? Sa vie privée avait beau rester dans le casier du vestiaire, Marie ne put s'empêcher d'y penser.

— J'étais tellement étonnée qu'il s'intéresse à moi que je l'ai prévenu tout de suite. Les cicatrices, les prothèses. Bref, j'ai tout déballé, il n'était pas question de le tromper sur la marchandise ! Et vous savez ce qu'il m'a répondu ? Qu'il s'en fichait complètement ! J'ai réalisé alors que mon cancer ne m'avait pas trop abîmée. Ça peut paraître bête… mais il me fallait ce regard extérieur – ce regard d'homme sur moi – pour me réconcilier avec mon corps.

— Je comprends.

N'était-ce pas ce qu'elle avait cherché vainement l'autre soir ? L'attention d'un regard sur elle ?

— Finalement ce n'est pas la taille de nos seins, ni la largeur de nos fesses, qui nous rend désirables, continua Mme Laurent, comme si elle lisait dans ses pensées. Ça serait trop réducteur de penser ça des hommes.

— Oui, ça serait trop réducteur, approuva Marie d'une moue coupable, en se souvenant de sa tenue minimaliste du réveillon.

— Finalement, ce qui nous rend belles, c'est la confiance que l'on s'accorde, l'acceptation de nos défauts, vous ne trouvez pas ?

Marie hocha la tête en continuant à gribouiller sa

feuille blanche. Des courbes de plus en plus avantageuses.

— Et qu'est-ce que je peux faire pour vous aujourd'hui ? demanda-t-elle innocemment en levant la tête.

— Ma prothèse, j'ai l'impression qu'elle bouge légèrement. Surtout quand je lève le bras de cette manière. Ça peut être gênant en pleine action, vous voyez ce que je veux dire ?

— Je vois très bien… Je peux vous proposer une injection de graisse pour la stabiliser. Juste à cet endroit pour combler l'espace.

— Une piqûre de plus ou de moins, dit-elle d'un air blasé.

« La confiance que l'on s'accorde. » Marie repensait souvent à cette phrase depuis quelques jours. Lorsqu'elle passait en revue les femmes qu'elle admirait – chanteuses, actrices, boxeuses –, elles avaient toutes ce point commun : cette assurance et cette fierté inflexibles. Même ses amies Marie-Lou et Anna les avaient gagnées avec le temps. Alors pourquoi pas elle ? Marie n'avait pas besoin de cicatrices pour être fâchée avec son corps. L'adolescence avait fait son travail de sape, et sa maladresse avec les hommes avait fait le reste. Tant pis, les amis, c'était bien aussi. Précieux même. Marie continuait ses bonnes habitudes : retrouver Guillaume au pub en sortant du travail. Ce soir-là, la gynécologue n'avait pas pris la peine de se recoiffer, ni même se maquiller. Les franges qui pendaient de son jean chatouillaient ses tennis délacées. Et le barman lui tendit son verre de lait Ribot avant même qu'elle se soit installée. Un rituel qu'ils avaient mis en place tous les deux, en agrémentant l'apéro d'andouille et de cochonnaille – les fameuses pistaches-cacahouètes rapportées spécialement de Brest. Depuis le réveillon, c'était tout ce qui avait changé dans leur relation, à part peut-être le regard qu'il portait sur elle. Plus méfiant et distant. Plus précautionneux. En tout cas, pas celui qu'elle espérait.

— Au fait… j'ai trouvé ton soutien-gorge dans la poubelle ce matin, c'est normal ?

Marie se racla la gorge.

— Tu dois faire erreur, rétorqua-t-elle d'une moue boudeuse. Je n'en porte jamais.

— OK, je dois faire erreur alors… ça doit être le mien.

Il frotta ses mains sur sa poitrine plate et, la moue boudeuse, se retint de rire en mordant dans sa tranche de saucisson.

31

Le principe du cocon

Quelquefois il suffit de saisir une opportunité pour que d'autres se présentent. Comme un engrenage qui se dégrippe. Ainsi Elsa n'avait pas eu de démarches à faire pour que lui soient proposés – durant la même soirée du réveillon – un poste de serveuse à l'Irish pub en remplacement d'un congé maternité ainsi qu'un emploi à la pâtisserie – uniquement les samedis. Son efficacité, son sérieux et la douceur avec laquelle elle s'était comportée avec les clients avaient fini de convaincre le patron. Raphaël, de son côté, avait pu la voir à l'œuvre entre deux parties de billard. La taquiner aussi en critiquant la cuisson de ses petits-fours. Le bilan financier de l'année précédente ayant dépassé ses attentes, le pâtissier s'était dit qu'un peu d'aide ne lui ferait pas de mal les week-ends. Et il n'avait pas posé de questions lorsque Elsa l'avait prévenu qu'avant de signer le contrat elle avait besoin de mettre de l'ordre dans ses papiers et de s'entretenir avec une assistante sociale. Si elle avait plongé dans la précarité de façon précipitée – seule contre tous –, la jeune femme se montrait moins méfiante aujourd'hui et comptait bien bénéficier de toutes les aides possibles pour s'en sortir. Semaine après semaine, la routine d'une vie ordinaire – ou presque – avait pu s'installer. Une routine rassurante dans un périmètre restreint – composé de trois rues – entourée d'un petit groupe de personnes repères. Le principe du cocon pour se sentir en sécurité. Et cela payait ! Elsa réussissait enfin la prouesse de fermer les fenêtres, éteindre la musique, dormir dans un vrai lit – sous les draps même –, ouvrir la porte aux invités, se cuisiner de vrais repas sans frites et sans crème glacée. Des progrès que Marie ne manquait pas d'apprécier chaque samedi en se rendant à la pâtisserie. L'occasion au passage de goûter aux gâteaux de Raphaël – ceux qu'elle ne dégustait plus en cachette durant ses nuits d'insomnie. Ce jour-là, Elsa venait de baisser le rideau de fer après ses derniers clients quand les deux femmes restèrent discuter au comptoir.

— On dirait que tu as fait ça toute ta vie, la complimenta Marie, admirative de l'aisance avec laquelle elle gérait la boutique.

— Je travaillais dans une boulangerie avant… J'ai l'habitude.

— Et qu'est-ce qui s'est passé, on t'a licenciée ?

Elsa marqua un temps d'arrêt. Malgré elle, elle venait d'amorcer le récit de son passé et ne pouvait plus faire marche arrière.

— Pas exactement, soupira-t-elle en disposant

quelques cupcakes sur une assiette – les rares qui restaient.

Et l'air soucieux de Marie l'encouragea à tout raconter – d'une traite, en fixant un point fictif sur le mur d'en face.

Son enfance chaotique, sa colocation à trois, l'éloignement de sa meilleure amie, le viol qui avait suivi. La solitude. L'impasse. La détresse.

— Pourquoi tu t'es enfuie ? Ton amie t'aurait sûrement aidée, non ? As-tu pensé à porter plainte, au moins ?

En évoquant tous ces faits à distance, Elsa réalisait l'absurdité de son comportement. Mais la peur mêlée à la honte l'avait empêchée de raisonner correctement. Et sur le moment, cela lui avait semblé sa seule échappatoire. Le visage de Marie s'était rembruni et Elsa ne lui connaissait pas ce regard dur et déterminé. Un regard de guerrière.

— Est-ce que cet homme a mis un préservatif ?

— Bien sûr que non… Il m'a sauté dessus comme un sauvage !

— Et il t'a fait mal ?

Elsa grimaça.

— Je n'ai pas pu m'asseoir pendant des jours.

— As-tu saigné ?

— Oui…

— Et depuis ? Rassure-moi, tu as eu tes règles ?

Elsa avait perçu le changement de ton. Ce n'était plus l'amie qui conversait avec elle mais la gynécologue de garde. L'interrogatoire était chirurgical, insistant, précipité. Elsa ne s'attendait pas à cette tournure et reprit sa respiration pour ralentir le débit.

— Avoir ses règles quand on est dans la rue, crois-moi, c'est une expérience qu'on n'oublie pas. Alors… oui, je les ai eues.

Marie poussa un soupir de soulagement.

— Au moins, ce porc ne t'a pas mise enceinte… c'est déjà ça.

— Ça ne m'avait même pas traversé l'esprit.

— Je sais, répondit Marie en posant sa main compatissante sur la sienne pour lui signifier que l'interrogatoire était terminé. Sur le moment, mes patientes sont si bouleversées qu'elles ne peuvent pas réfléchir… Mais quand elles commencent à y penser, il est souvent trop tard malheureusement.

Elsa frissonna.

— Tu es souvent confrontée… je veux dire… à des affaires comme la mienne ?

— Pratiquement à chaque garde, soupira Marie. Même le soir de Noël, figure-toi. La police me demande de les examiner. Ça fait partie du protocole. Et d'ailleurs, je t'encourage à faire de même.

Elsa eut un mouvement de recul.

— C'est hors de question !

— Je te passe les détails mais il faut vérifier certaines choses après un rapport non protégé… Ce type a pu te contaminer.

— Comme le sida ?

— Par exemple.

— Tu me stresses. Je n'aurais pas dû t'en parler.

— Au contraire, lui assura Marie en reprenant son

air de technicienne. Tu as choisi la bonne personne… Et d'ailleurs, dès lundi tu viens me voir à l'hôpital, je t'examinerai personnellement. (Elsa allait rechigner quand la gynécologue la coupa d'un ton autoritaire :) Personnellement, j'ai dit ! Avec douceur et tact.

— Douceur ? ironisa Elsa.

— Promis ! N'oublie pas que tu es ma patiente de Noël. Si j'avais su ce soir-là, tu n'y aurais pas coupé.

Elsa leva les yeux au ciel telle une gamine qu'on réprimande puis lui proposa de monter au studio pour continuer leur discussion – en changeant de sujet si ce n'était pas trop lui demander. De toute façon, l'une comme l'autre avaient perdu l'appétit.

— Si on allait au pub plutôt ?

— Très bien, déclara Elsa en attrapant sa veste sur le portemanteau pour la suivre. Comme ça, je demanderai à Guillaume à quelle heure il a prévu de venir prendre l'armoire demain.

Marie fronça les sourcils.

— L'armoire ? Je pensais qu'il voulait s'en débarrasser…

— Si j'ai bien compris, ce n'est pas pour lui. Apparemment, la propriétaire voudrait la récupérer… Un meuble de famille. Des objets personnels à l'intérieur. Il a été vague sur le sujet.

— Vague ? Ça m'étonne de Guillaume ! plaisanta Marie en prenant la direction des escaliers.

— Tu vas où ?

Elsa l'avait rejointe sur le palier où elle était déjà en train d'ouvrir la porte.

— Depuis le temps que ce meuble est là… Et dire que je n'ai même pas eu la curiosité de l'ouvrir !

— Moi non plus, j'ai laissé mes affaires dans mon sac, bredouilla Elsa, un peu contrariée. On ne devrait peut-être pas fouiller…

— Non, on ne devrait pas ! C'est mal ! gloussa Marie en prenant un air de conspiratrice. Très mal !

Et, d'un geste sec et déterminé, elle tourna la clef dans la serrure.

QUATRIÈME PARTIE

Crépuscule

« La vérité c'est comme la lumière, aveugle.

Le mensonge, au contraire, est un beau crépuscule qui met chaque objet en valeur. »

Albert CAMUS

32

Tout noir, tout blanc

Guillaume n'était pas superstitieux mais parfois il avait de mauvais pressentiments. Comme cette journée qui avait bien mal débuté. Pourquoi sentait-il que le sort allait continuer à s'acharner ? Lorsque sa chaudière était tombée en panne, il était resté pragmatique, avait enduré sa douche froide sans broncher et s'était dit qu'il n'y avait rien de tel pour remettre les idées en place ! Casser la fermeture éclair de son jean et perdre un bouton de chemise lui avait paru bien insignifiant comparé à l'ultimatum de Virginie reçu par texto quelques minutes plus tard. « L'armoire, en bas de chez toi. Au plus tard : dimanche, seize heures. » Le message de la serial killeuse ne précisait pas ce qu'il encourrait s'il ne respectait pas ce délai – question qu'il trouva plus prudent de ne pas lui poser. Et quand il était arrivé au pub en fin d'après-midi pour relayer Elsa, le mauvais sort sévissait toujours. Si bien qu'il n'avait pas eu besoin de l'entrée triomphale de

Marie pour s'entailler le doigt en coupant des citrons. Une plaie sanguinolente où le jus acide de l'agrume l'avait brûlé jusqu'à la racine du bras. La malédiction aurait pu se terminer là : avec un bandage sur l'index, un bouton en moins et un jean mal fagoté. Mais il avait fallu que la plouc s'en mêle.

— C'est quoi, cette merde ? lui cria-t-elle depuis la porte en brandissant une feuille au-dessus de sa tête, histoire d'en faire participer tous les clients. Tu peux m'expliquer ?

Cette fois, Guillaume s'autorisa une grimace. D'ici, il devinait très bien ce que l'enragée au bonnet marin tenait dans la main. Une bombe écrite noir sur blanc. Une bombe qui avait fait l'objet d'un ultimatum le matin même et qu'il aurait dû prendre plus au sérieux ! À quelques heures près, c'était lui qui ouvrait l'armoire et tombait sur la lettre.

— À quelques heures près, marmonna-t-il dans sa barbe en parcourant l'écriture penchée, étriquée et microscopique de Virginie.

Comme il pouvait s'y attendre, ces pattes de mouche ne ménageaient pas leurs mots : cicatrices-défigurée par ta faute-vie fichue-monstre-égoïste. Et comble de l'ironie, ces sales pattes avaient le toupet de lui écrire, sur la dernière ligne, qu'elles l'aimaient encore. Une victime éprise de son agresseur, voilà comment se considérait Virginie. Le syndrome de Stockholm, citait-elle pour se donner de grands airs. Pas étonnant qu'en lisant ce torchon la plouc lui tombe dessus et sorte les crocs.

— Je ne sais pas quoi te dire, Marie, regretta-t-il

en lui rendant la feuille, comme si elle lui brûlait les doigts. Tu ne connaissais pas Virginie, maintenant c'est fait !

Marie tapa du poing et fit trembler les verres autour d'elle.

— C'est tout ? Tu ne me donnes pas plus d'explications ?

— Baisse d'un ton, s'il te plaît, chuchota-t-il en balayant sa main pour faire fuir sa collègue un peu trop curieuse.

— Hors de question ! C'est trop grave pour que je me taise ! Je suis sûre que Gladys sera du même avis.

Contre toute attente, celle-ci s'éloigna d'une moue contrariée sans vouloir prendre part à la conversation.

— Décidément… C'est ma journée, soupira le barman.

— Une femme t'accuse de l'avoir maltraitée. Brisée même… Et ça ne te fait ni chaud ni froid ?

Le visage de Guillaume se crispa et des cordes saillantes strièrent son cou.

— Ces accusations me touchent, figure-toi. Mais avec le temps, j'ai appris à les encaisser. À les comprendre même… Un conseil, Marie : ne t'en mêle pas !

— Tu rigoles ou quoi ? Je passe mon temps à m'occuper de femmes qui souffrent. À réparer leurs blessures, tenter de les reconstruire. Et tu voudrais que je reste indifférente à un cri de détresse pareil ?

— Non… mais il faut connaître les faits pour mener un combat.

Guillaume comprit qu'il n'aurait pas le dernier mot. Il en avait fait l'expérience avec Virginie. Une femme en colère n'était pas disposée à écouter. Pas disposée à le croire non plus. Alors il préféra se taire et fuir les grands yeux verts qui lui lançaient des éclairs.

— Tu me donnes envie de vomir, lâcha-t-elle avant de lui tourner le dos, le tout suivi d'un flot d'injures qu'il ne parvint pas à entendre. (Et depuis la porte, elle l'attaquait encore :) Je croyais te connaître, je te faisais confiance et…

— Marie…

Pourquoi pleurait-elle ?

— Comment j'ai pu me tromper à ce point ?

Et lui alors ? Il aurait pu lui retourner la question. Comment avait-elle pu tomber dans le panneau ? Il l'avait mise en garde pourtant. Ses casseroles dont il voulait se débarrasser, ces femmes dont il voulait s'éloigner. Sous ses airs de garçon manqué, de boxeuse-buveuse de whisky, Marie lui avait fait croire qu'il n'avait rien à craindre. Une amie inoffensive, avait-elle promis. Une amie qui, quelques jours plus tard, avait eu le toupet de lui sauter au cou et de l'embrasser. À quel jeu jouait-elle ? Ces dernières semaines, sa colocataire s'était montrée plus discrète, comme si elle cherchait à se rattraper. En sortant de l'hôpital, elle avait pour habitude de passer au pub à l'heure de l'apéro. « L'instant breton », comme elle l'appelait. Un prétexte pour distribuer ses fameuses pistaches-cacahouètes en échange d'un verre de lait Ribot, bavarder avec ses piliers de comptoir, affronter Raphaël et ses acolytes au billard, discuter tatouage avec Gladys. Une habile façon aussi de lui tirer les vers du nez et d'en apprendre un peu plus sur lui.

— Je peux faire défiler ? avait-elle demandé un jour, en s'emparant de l'appareil photo qui traînait derrière le bar.

Il réalisa que ce n'était pas une question. À peine avait-il levé le nez que la curieuse avait déjà appuyé sur tous les boutons.

— Je n'ai pas fait le tri, l'avait-il prévenue au cas où elle serait déçue.

Marie avait pris un air coquin.

— Il y a des images compromettantes, j'espère ? (Il avait levé les yeux au ciel.) On dirait une sorte de jeu de piste, comme si tu nous laissais des indices pour trouver un trésor. Ce gant laissé sur ce banc, ce vélo déglingué accroché au lampadaire, ce tag étrange sur cette porte. Tes photos sont intrigantes. Tristes aussi.

— C'est justement ce côté obscur qui m'intéresse. Une impression d'envers du décor, de vérité.

— Et la vérité est toujours sombre, d'après toi ?

— Celle qu'on cache, oui.

— Je trouve que tu devrais en imprimer certaines. L'appartement serait à ton image comme ça... C'est bien ce que tu voulais ? Un décor qui te ressemble ? Triste et intrigant.

C'était ce qu'il préférait chez Marie. Les moments où elle devenait sérieuse. Où elle pointait du doigt ses failles, avec justesse et sincérité. Les moments où elle lui donnait l'impression d'être la première à le comprendre. Le comprendre vraiment. N'était-ce pas pour cette raison qu'il se sentait aussi mal aujourd'hui ?

Aussi mal de l'avoir mise en colère. Mal qu'elle ne lui ait pas donné une chance de s'expliquer.

— Elsa, ouvre-moi… C'est Guillaume, dit-il en tambourinant à sa porte le dimanche, à quinze heures quarante-cinq minutes et des poussières.

— Désolée, je suis occupée… Je ne peux vraiment pas.

— On vient chercher l'armoire comme prévu… S'il te plaît, Elsa, je suis avec un ami. On en a seulement pour quelques secondes.

Lorsque la chaîne se détacha, que la jeune femme recula contre le mur – le plus loin possible des deux déménageurs –, Guillaume leva les mains, comme un cow-boy qui venait de poser son revolver.

— C'est moi ou elle est encore plus lourde que la dernière fois ? grimaça son ami en soulevant l'armoire.

— Dis-moi, Elsa, tu caches quelqu'un à l'intérieur ? demanda Guillaume pour dérider sa moue inquiète. Marie, peut-être ?

— Marie est partie à l'hôpital tôt ce matin, elle est de garde, s'empressa-t-elle de répondre au cas où il lui prendrait l'envie de l'attendre.

— Elle a donc dormi là.

— Dormir ? Euh, je ne dirais pas ça. Elle a passé la nuit à se défouler sur son punching-ball. À vouloir m'apprendre la boxe. Le karaté. La self-défense. Tout à la fois. Résultat des courses, je n'ai rien retenu.

Guillaume fit signe à son ami de reposer le meuble sur le palier puis se tourna une dernière fois vers Elsa.

— Au fait, je ne veux pas que tu aies peur de moi,

tu entends ? (Elle haussa les épaules, la main déjà sur la chaîne.) La vie, ce n'est jamais tout noir ou tout blanc comme Marie voudrait le croire.

— La vie… ça peut être tout noir pourtant, répondit-elle tristement. J'en ai fait l'expérience.

Et Guillaume se mordit les lèvres, tout en contrôlant la descente de l'armoire dans les escaliers. Quel imbécile il faisait ! Quelle leçon avait-il à lui donner ? Il aurait mieux fait de se taire sur ce coup-là. Quinze heures cinquante-cinq. Le compte à rebours avait commencé. Avec le doigt de Virginie sur la gâchette. Se pouvait-il que le sort s'acharne encore contre lui aujourd'hui ?

33

Le combat

— Tiens, tiens, voilà qui est intéressant ! Un album photo, s'extasia Marie en repérant un classeur dans un des tiroirs de l'armoire.

Son sourire se crispa à mesure qu'elle tournait les pages et Elsa s'approcha pour regarder par-dessus son épaule. Une femme blonde occupait tous les clichés. À sa manière de prendre la pose, de découvrir ses dents – assise devant la mer, étendue sur la plage, allongée sur le divan du salon –, elle prenait un plaisir certain à se faire photographier.

— Mais je le connais, ce canapé ! réagit Marie au quart de tour, comme si elle venait de trouver une pièce à conviction. Je ne comprends pas… s'il vivait avec elle, pourquoi ne m'en a-t-il jamais parlé ?

— Peut-être parce que ça s'est mal fini…

Marie feuilleta rapidement l'album à la recherche d'un portrait de Guillaume qui pourrait l'éclairer sur les rapports qu'il entretenait avec cette blonde plantureuse.

— Il devait sûrement tenir l'objectif… je ne le trouve sur aucune photo, ronchonna-t-elle avant qu'Elsa pointe du doigt la dernière page.

Un selfie un peu flou, pris de trop près, par un bras trop court ou pas assez tendu : lui de face faisant la grimace, elle de profil embrassant sa joue.

— T'avais raison, on n'aurait pas dû fouiller, ragea Marie en refermant l'album ; mais au moment où Elsa repoussait sagement les portes de l'armoire, elle arrêta son geste.

Une feuille tombée sous la penderie, au milieu des cintres, venait d'attirer son attention. Chahutée pendant le déménagement, cette lettre était destinée à Guillaume.

— Elle est datée du mois de décembre dernier. Si ça se trouve, il ne l'a pas encore lue.

Elsa fronça les sourcils.

— C'est peut-être ça qu'il cherche ? Marie, non ! Ne l'ouvre pas à sa place !

La gynécologue n'avait pas dormi la nuit précédant son dimanche de garde. Une attitude peu raisonnable vu la tonne de travail qui l'attendait aux urgences, mais assez habituelle chez l'ancienne fêtarde et présidente de l'internat. Ce qui l'avait tenue éveillée – et ça continuait aujourd'hui –, c'était la colère qu'elle ressentait à l'égard de Guillaume. De ces émotions qui vous font tenir debout et résister à toute épreuve. Il avait touché la corde sensible et c'était irrattrapable.

Violenter une femme ne laissait pas la place aux justifications. C'était un acte définitivement impardonnable. Définitivement. Et Marie avait eu raison de réagir aussi vivement. N'avait-il pas parlé lui-même de combat ? C'était justement ce que la gynécologue comptait mener entre les murs de cet hôpital. Un combat pour protéger ces femmes en souffrance. La plainte de sa première patiente fut plus légère heureusement. Singulière et étonnante. À se demander, même, pourquoi elle consultait en urgence.

— Un orgasme, je vous jure, docteur. Il peut arriver n'importe quand… Sans rapports, sans pensées particulières. Dans le bus par exemple, pas plus tard que cet après-midi.

— Dans le bus ?

Sa jeune patiente rougit. De nature timide, elle semblait se faire violence pour aborder son problème.

— Oui, c'est horriblement gênant. Je me mets à crier d'un coup et je dois me racler la gorge pour faire comme si j'avais avalé de travers… Le pire, c'est que ça s'enchaîne. L'autre jour, j'en ai eu cinq d'affilée, à quelques minutes d'intervalle. Ne faites pas cette tête, ce n'est pas drôle.

Marie ne pouvait s'empêcher de la trouver chanceuse de vivre une telle expérience et souriait béatement en se représentant la scène.

— Désolée, dit-elle en se reprenant. J'avoue que je n'ai jamais eu affaire à ce genre de problèmes.

— C'est vrai ? Je suis un cas à part ? Je ne le fais pourtant pas exprès, je vous jure, docteur.

— Je vous crois… La médecine est vaste, vous

savez, je ne connais pas tout. Patientez un peu que j'aille me renseigner auprès de ma cheffe.

Une chance qu'elle ait encore une cheffe au-dessus d'elle pour lui demander conseil. Selon elle, le syndrome de l'excitation génitale était une entité rare qu'il ne fallait pas prendre à la légère, car source de stress important, voire d'attaques de panique chez certaines. Des perturbations neurologiques pouvaient être à l'origine du phénomène et Marie lui expliqua qu'il faudrait organiser des examens sans urgence. Sa patiente ressortit donc, soulagée qu'on ait pu mettre des mots sur ses symptômes et d'avoir été enfin écoutée. Marie, de son côté, se dit que le corps des femmes était décidément bien complexe. Pas étonnant qu'on en ait fait une spécialité à part entière ! Ce cas fut le plus atypique d'une longue série de douleurs dans le bas-ventre, de pertes sanguinolentes, de fausses couches, de contractions prématurées… Heureusement qu'en fin d'après-midi une infirmière lui annonça l'arrivée de sa patiente de Noël pour égayer sa journée. L'avait-elle reconnue ? Ou Elsa s'était-elle présentée de cette façon ?

— Tu t'es décidée à venir finalement ?

— Non, je passais par là et j'ai trouvé l'endroit sympathique, ironisa-t-elle en pointant du doigt la file de brancards qui obstruait le couloir.

Marie mesura la complicité qui s'était tissée entre elles. Petit à petit, elle découvrait la vraie nature d'Elsa. Son sérieux ne l'avait pas quittée, la gravité avec laquelle elle abordait la vie, sa maturité ; mais ce qui émergeait parfois – et ça ne déplaisait pas à

Marie –, c'était son sens de l'humour, cette malice empreinte d'intelligence.

— Voilà, c'est fini, déclara la gynécologue en retirant son spéculum.

— C'est tout ?

— Oui, j'ai fait quelques prélèvements. Mais tout va bien, les plaies ont bien cicatrisé… L'infirmière va venir te faire une prise de sang et je te libère. J'aurai tous les résultats dans quelques jours.

Lorsqu'elle la raccompagna dans le hall d'entrée – l'endroit même où elle l'avait recueillie le soir de Noël –, Elsa lui tomba dans les bras.

— Merci pour tout… Maintenant que c'est fait, je me sens soulagée.

Il y a quelques mois, au lieu de la remercier chaleureusement, elle se serait enfuie en courant. N'était-ce pas le plus beau combat qu'elle ait mené jusqu'à présent ?

— Est-ce que tu te sens bien ? demanda Elsa, voyant le visage de l'urgentiste se fissurer soudainement. Je peux faire quelque chose pour toi ? T'apporter à manger ?

— C'est toi qui lui as dit de venir ? marmonna Marie la mâchoire serrée, en fixant un point dans son dos.

Guillaume – en l'occurrence – qui se tenait dans l'entrée, les mains dans les poches, en attendant l'autorisation d'avancer.

— Non, je te jure ! Je ne savais pas qu'il viendrait.

— Qu'est-ce que vous avez toutes à jurer, ma parole ! s'emporta Marie. Je vous jure, docteur par-ci !

Je vous jure, docteur par-là ! Une patiente n'a pas arrêté de me le dire tout à l'heure.

— Ouh là là ! Moi, je m'en vais ! Je préfère ne pas m'en mêler.

Marie observa les deux silhouettes se croiser. Les deux mains se lever pour se saluer timidement. Elle réalisa que sa colère n'était plus la même que la veille. Moins vive, un peu fatiguée de s'être déchaînée toute la nuit sur son punching-ball, lassée aussi de tous ses déboires avec la gent masculine. Oui, sa colère avait changé. Plus raisonnée ou complètement inconsciente ? Désormais, elle laissait place au doute. Les jambes coupées, Marie se laissa tomber sur le banc. Et si elle lui laissait le temps de s'expliquer ? Juste quelques minutes, avant de reprendre le combat ?

34

La légende du pot fêlé

Jacquou le roi du tattoo était une figure dans le quartier. Le genre d'artiste dont chacun pouvait s'enorgueillir de porter la signature. Au pub, Elsa avait surpris plusieurs conversations encensant son travail et avait pris l'habitude d'observer – avec un œil différent – les avant-bras qui se posaient sur son comptoir. Une quantité de bracelets maoris, de salamandres, de tortues et parfois des dessins plus insolites : un alexandrin, la carte du monde ou – moins poétique – une chope de bière. Lorsque Gladys avait proposé à Marie de lui présenter l'illustre personnage, Elsa avait suivi le convoi. L'idée de laisser une trace de son douloureux passé dans le creux de son poignet avait germé au fil des semaines. Une trace discrète pour ne pas oublier, un peu comme le matricule d'un prisonnier. Un petit homme au crâne rasé, tout de noir vêtu, accueillit les trois femmes à la tombée de la nuit, juste après la fermeture de son salon. Un privilège qu'il réservait aux habitués.

— Qu'est-ce que je peux faire pour vous, jeunes filles ? les interrogea-t-il de sa voix rocailleuse.

Gladys, qui s'était déjà allongée sur son siège inclinable et jouait avec la manette, désigna Marie en premier.

— Voici la copine dont je t'ai parlé.

— La gynécologue ? grimaça l'homme, comme s'il venait de prononcer un gros mot.

Marie opina du chef, plutôt amusée par sa réaction.

— Si vous êtes d'accord, j'aimerais apprendre la technique du tatouage. Juste les bases pour répondre aux demandes de mes patientes.

L'homme déposa un peu de tabac au creux d'une feuille puis se roula une cigarette, d'un air pensif.

— Si j'ai bien compris, tu veux me voler mon travail ?

— J'envisage plutôt une collaboration, précisa Marie sans se démonter. Je n'ai pas la prétention de dessiner autre chose que des ronds. Des mamelons, pour dire la vérité.

Les petits yeux plissés de Jacquou s'arrondirent tout à coup.

— Des mamelons ?

— Oui, essentiellement, confirma-t-elle en faisant tourner ses mains devant sa poitrine. Et si mes patientes en veulent plus… des fleurs, des papillons par exemple, je les orienterai vers vous… si vous êtes d'accord, bien sûr.

— En vingt ans d'exercice, c'est la proposition la plus extravagante qu'on m'ait faite, jeune fille.

— J'en suis flattée ! Contente que vous acceptiez !

L'homme sourit de son impertinence.

— Reviens la semaine prochaine – même jour, même heure –, je te ferai un petit tattoo. On apprend toujours mieux sur soi-même.

Marie recula d'un pas.

— Non, merci… Pas sur moi !

— Pourquoi pas un petit… sur la fesse ? pouffa Gladys en lui claquant le postérieur.

— Parce que je m'imagine dans cinquante ans avec mon cul flétri et mon dessin tout rabougri… Voilà pourquoi.

Jacquou éclata de rire.

— Sur le bras alors ?

— Non plus… Si un jour j'ai le gras qui pendouille à cet endroit, mieux vaut éviter de le mettre en valeur.

— Mais quelle horreur ! Comment une belle femme comme toi peut avoir une telle image d'elle-même ?

— Je suis réaliste, c'est tout, répondit-elle d'une moue boudeuse, indisposée par les volutes de fumée orientées dans sa direction.

L'homme pinça ses lèvres sur son clope en un rictus amusé puis se tourna vers Elsa, restée en retrait dans un coin du salon.

— Et toi, jeune fille ? Tu as peur des rides ?

— Pas vraiment… je n'y avais même pas pensé, à vrai dire.

— Et tu serais d'accord pour un tatouage ? Histoire de montrer la technique à ta copine ?

Elsa acquiesça en tendant le papier qu'elle avait dans la main.

— Justement… je vous ai apporté un croquis.

Lorsque les doigts jaunes du tatoueur déplièrent la feuille, Gladys et Marie s'approchèrent pour regarder par-dessus son épaule. Une silhouette de femme joliment dessinée au crayon à papier. Une porteuse avec deux pots suspendus au bout d'une perche appuyée sur sa nuque que Jacquou examinait en détail.

— Original… On dirait une estampe. Il y a une signification particulière ?

— Une légende chinoise, précisa timidement Elsa. Je la lisais souvent enfant, pour me donner du courage.

— Raconte, la pria Marie en posant une main sur son épaule.

Elsa hésita avant de se lancer :

— C'est l'histoire d'une vieille dame qui, tous les jours, doit se rendre au ruisseau pour rapporter de l'eau à sa maison. De ses deux pots, l'un est légèrement fêlé malheureusement. Et quand elle le pose à la fin de sa longue marche, elle se rend compte qu'il est à moitié vide. Au bout de deux ans, le pot – si honteux de mal faire son travail – ose enfin révéler son mal-être à la vieille dame. Et voilà ce qu'elle lui répond : « As-tu remarqué les fleurs sur le chemin ? Elles poussent seulement de ton côté. Tout ce temps, j'ai continué à semer des graines. Tu ne t'en es peut-être pas rendu compte mais, chaque jour, tu les arrosais. J'ai pu ainsi cueillir de superbes bouquets pour décorer la table. Sans toi, cette beauté n'aurait jamais vu le jour. » (Elsa se tut un instant et redressa la tête pour épier leur réaction.) Cette légende m'a toujours accompagnée, ajouta-t-elle pour finir – la voix vibrant d'émotion. Et elle prend tout son sens désormais.

La dévoiler aujourd'hui dans ce salon de tatouage lui semblait tout naturel, alors qu'avant ça elle ne l'avait jamais racontée à personne – même à sa meilleure amie. Comme si elle aussi avait besoin de mettre sa honte derrière elle. À voir Jacquou dodeliner de la tête avec enthousiasme, il s'imaginait déjà le stylo encreur à la main. Gladys, elle, se montrait plus perplexe et devait se demander quel rapport Elsa pouvait avoir avec cette histoire. Mais Marie, elle, savait. Les fêlures, la honte, la rangée de fleurs qui ornait les tombes du cimetière du Montparnasse quand elle l'avait trouvée. Oui, Marie savait que cette légende était la sienne. Et sa mine boudeuse s'était illuminée tout à coup. Elsa sentait la fierté dans son regard et une extrême douceur. Cette écorchée vive avait beau taper du poing, jurer comme une charretière, cela ne l'empêchait pas d'être extrêmement douce à son égard. La façon dont elle l'avait examinée l'autre jour à l'hôpital en était la preuve. Alors pourquoi se montrer aussi grossière et indélicate en présence des autres ? Comme la fois où elle avait fait irruption au pub pour lui annoncer les résultats. Était-ce un moyen de se protéger ? Avait-elle ses propres fêlures elle aussi ? À la fin de son service, Elsa l'avait vue franchir la porte comme une furie.

— Négatif ! avait-elle hurlé dans sa direction en brandissant le poing.

Et la serveuse avait accouru pour l'intercepter avant que tous les clients soient mis au courant.

— Tu as reçu mes résultats ? avait murmuré Elsa à son oreille.

— Tu es tirée d'affaire, ma belle… VIH négatif ! Syphilis négative !

— Syphilis ? Ça existe encore de nos jours ?

— Rarement… mais bon, c'est une saloperie de moins, avait répondu Marie en s'avançant vers le comptoir – vers Guillaume plus précisément. Salut, la compagnie !

Au ton de sa phrase et au regard de braise que le barman lui avait lancé en retour, Elsa en avait tiré plusieurs conclusions : les deux tourtereaux s'étaient enfin parlé, réconciliés même, et la fameuse lettre trouvée dans l'armoire devait mentir sur pas mal de choses. Comment Marie aurait-elle pu pardonner à un monstre égoïste ? Un monstre qui avait fichu en l'air la vie d'une femme et l'avait défigurée ? Impossible. Elsa l'avait retenue par le bras, curieuse d'avoir des explications.

— Dis donc, ça a l'air d'aller mieux avec Guillaume ?

Marie avait pris un air énigmatique et – pour une fois – avait fait preuve de discrétion.

— Cet homme n'a pas fini de me surprendre, lui avait-elle susurré. Hier, j'étais à deux doigts de l'étriper et, aujourd'hui, j'ai envie de lui sauter au cou… Va comprendre.

Elsa avait souri en direction de Guillaume qui s'étonnait des messes basses faites derrière son dos.

— Ce ne serait pas la définition de l'amour, ça ?

— Ne dis pas de gros mots !

À l'air écœuré de Marie, Elsa avait réalisé alors que certaines fêlures étaient plus latentes que d'autres. Plus insidieuses aussi.

35

Prendre par les sentiments

Ce lundi-là, lorsqu'il s'était décidé à aller voir Marie, Guillaume s'était demandé comment il allait s'y prendre. Consulter aux urgences gynécologiques quand on était un homme n'était pas chose aisée. Se repérer dans les couloirs de l'hôpital non plus. Et s'il demandait à parler à l'intéressée, il avait de grandes chances de se faire rembarrer. À croire qu'une rencontre – quand elle était nécessaire, essentielle même – pouvait s'avérer plus simple à provoquer que prévu. À peine eut-il franchi les portes coulissantes du hall de l'édifice que la plouc lui apparut comme une fleur. Une fleur à épines peu disposée à se laisser cueillir certes, mais qui se laissa tomber sur un banc plutôt que de fuir. N'était-ce pas de bon augure ? Comme le signe de main amical qu'Elsa lui adressa au passage, qu'il prit comme un encouragement. En le voyant s'approcher timidement, les mains dans les poches, Marie dressa ses épines.

— Va-t'en !

— Laisse-moi t'expliquer.

— Je n'ai pas le temps. Juste dix minutes pour manger… puis j'y retourne.

— Alors, je t'accompagne.

Guillaume ne lui connaissait pas cette mine boudeuse de petite fille. Une mine contrariée mais qui – à la différence de Virginie – lui donnait l'espoir d'être écouté.

— Tu risques de me couper l'appétit, grogna-t-elle en lui faisant signe de la suivre.

La femme en blouse se dirigea au pas de course vers l'hôtel de garde à l'extérieur de l'hôpital. Un bâtiment à trois étages devant lequel un groupe d'internes bravaient le froid, le temps que leurs cigarettes se consument. Marie les salua en forçant le passage et ressortit quelques minutes plus tard avec un morceau de pain tartiné de fromage.

— Tu veux mon manteau ? lui proposa Guillaume quand le vent glacial souleva les pans de sa blouse et qu'il la vit frissonner.

L'interne déclina son offre et croqua rageusement dans son sandwich de fortune. Et lorsqu'elle prit la direction de l'hôpital avec la même cadence qu'à l'aller, Guillaume prit conscience que le temps lui était compté.

— J'aurais dû te parler de Virginie avant que tu trouves sa lettre.

— Parler… on ne peut pas dire que ça soit ton fort !

— Alors écoute-moi, tu n'as pas idée des efforts

que ça me demande… (Pour la première fois, elle parut réceptive, curieuse même.) C'est vrai, j'ai blessé une femme. Mais, tu dois me croire, c'était un accident.

— C'est toujours ce qu'ils disent…

— Qui ?

— Ceux qui frappent leur copine. Un accident, ce mot ne veut rien dire… La violence est impardonnable. Et il n'y a qu'un seul coupable !

— Mais parfois, c'est plus compliqué que ça ! soupira-t-il. Parfois, ce n'est pas la main qui frappe…

— Guillaume, s'il te plaît… viens-en au fait !

Il se racla la gorge.

— On avait une soirée à Versailles chez un collègue de Virginie. On a bu, on a fumé sans penser qu'on allait repartir. C'était crétin, je te l'accorde ! Le scooter, elle venait de l'acheter. Une Vespa blanche avec des casques vintage pour faire joli. Je ne me rappelle plus grand-chose. Juste qu'elle n'a pas supporté le narguilé, qu'elle est allée vomir après la première bouffée. Qu'elle n'a pas voulu rester dormir, pas voulu conduire non plus… Cette nuit-là, il pleuvait. Derrière moi, Virginie avait du mal à rester en place. Je me souviens de ses embardées sur le côté, des bourrasques de vent, de ma visière dernier cri qui ne servait à rien. De la pluie qui me fouettait les yeux… Par contre, la chute, je l'ai oubliée. Il n'y a pas eu de collision. Comment j'ai perdu le contrôle ? Je n'arrive pas à comprendre. On a dû glisser dans un virage. Ou alors j'ai perdu connaissance – mais j'ai du mal à croire à cette théorie. En tout cas, je me suis réveillé dans le camion des pompiers en me demandant ce que je faisais là. Avec quelques bleus et les idées un peu confuses. Quand j'ai demandé des nouvelles de Virginie, une infirmière m'a rassuré en me disant que sa vie n'était pas en danger, mais que je ne pouvais pas la voir car elle était au bloc opératoire. Je suis sorti quelques heures après, sur mes deux jambes, mon casque à peine égratigné à la main. Sans me douter un seul instant que la femme avec qui je partageais ma vie avait décidé de disparaître.

Tout en l'écoutant parler, Marie venait de lui voler sa veste. De recouvrir ses épaules sans prendre la peine d'enfiler les manches. De serrer les pans de son poing pour le dissuader de la lui reprendre.

— Comment ça ? Vous ne vous êtes pas revus après l'accident ?

— Non… elle n'a pas répondu à mes appels, a refusé mes visites à l'hôpital et n'est jamais rentrée à l'appartement. Même pas pour récupérer ses affaires. J'ai mal réagi… j'aurais dû forcer les portes de sa chambre, la supplier de me pardonner. Mais d'un autre côté, j'ai voulu respecter son besoin de prendre ses distances. Une distance qu'elle me reproche aujourd'hui…

— Elle a été gravement blessée ?

— Une fracture de la hanche et une cicatrice sur le visage… C'est vrai que c'est injuste comparé à moi, mais à l'entendre, je l'ai défigurée. Je l'aurais tailladée avec un couteau, ça aurait été pareil !

Marie stoppa net sa marche et agrippa son bras.

— Pourquoi tu as attendu tout ce temps pour me révéler cette histoire ?

— Parce que je ne l'ai pas encore digérée.

— Tes casseroles sont moins lourdes à traîner que je le pensais pourtant… Tu as raison, c'était un accident.

— Je ne comprends toujours pas ce qui m'est arrivé, à quel point je suis coupable. Ce n'est pas vraiment une rupture, plutôt une fugue… Le silence et le doute sont parfois pires que la confrontation. J'ai mis des mois à sortir du cauchemar… et j'ai compris un jour que le seul moyen de tourner la page était de me débarrasser de tous ces souvenirs.

— D'où l'annonce sur Leboncoin… (Il hocha la tête.) Je comprends mieux toutes ces photos bizarres, Glenfiddich. Si j'avais su dans quelle affaire je trempais…

— Tu n'aurais jamais voulu m'approcher.

Marie fit la moue puis l'embrassa tendrement sur la joue.

— Comment pourrais-je regretter de t'avoir rencontré, Glenfiddich ? Dès le premier verre de Rob Roy, j'ai compris.

— Compris quoi ?

— Que tu saurais me prendre par les sentiments…

Marie le laissa sur cette dernière phrase. En tournant des fesses exagérément comme si elle voulait le provoquer ou dédramatiser les propos. Guillaume se sentait libéré d'un poids. Cette fois, personne n'avait crié. Ni claqué la porte. À aucun moment il n'avait critiqué Virginie, ni cherché à être plaint ou consolé. Le regard compatissant de Marie lui avait suffi. Il réalisait maintenant le pouvoir des mots. Parler lui avait permis de prendre du recul sur les choses. De mieux les analyser. De se sentir moins coupable également. N'avait-il pas fui lui aussi ? Fui ses responsabilités ? Fui sa relation ? Et si leur rupture était courue d'avance ? Si l'accident n'avait fait que précipiter les choses ? La nuit qui suivit, il dormit comme une masse, sans cauchemars ni ruminations ; et lorsque la travailleuse le rejoignit au petit matin, il n'entendit pas la porte grincer. Ni ses tennis retomber lourdement sur le parquet, une fois lancées. Depuis combien de temps le regardait-elle, penchée au-dessus de lui ? La tignasse dressée tel un amas de fils de fer. Les yeux cernés, un peu ternes. Le teint pâlot. Marie fixait sa bouche comme si elle avait envie d'y plonger.

— Je crois qu'il y a pire comme réveil, bredouilla-t-il en clignant des paupières, pour se convaincre qu'il ne rêvait pas.

Sans doute un message codé qui l'autorisa à se jeter sur lui et à l'embrasser. De brefs baisers qui inondèrent son visage et dérivèrent dans le creux de son cou pour se faire de plus en plus audacieux. Électrisants même. Pas question de la repousser cette fois-ci. Dans cette position, il en était bien incapable. Encore engourdi de sommeil, il répondit à ses caresses sans réfléchir et commença à la déshabiller. Des gestes à la fois doux et précipités, d'une extrême adresse. Si bien qu'en quelques secondes l'assaillante se retrouva nue comme un ver et se réfugia sous sa couette.

— Je ne l'ai encore jamais fait sur un matelas gonflable, lui souffla l'effrontée en reprenant sa respiration.

— Pour une employée de chez Speedy, ça m'étonne ! (Elle gloussa puis monta à califourchon sur lui.) Et sur un trampoline, tu l'as déjà fait ? osa-t-il en posant les mains sur ses hanches.

Elle croisa les bras pour couvrir sa poitrine trop exposée à son goût, puis secoua la tête avec impertinence. Cette position lui donnait l'avantage, le pouvoir. Et c'est avec un malin plaisir qu'elle s'appliqua à les faire rebondir.

36

Quand on casse, on répare

Si dans la vie Marie pouvait se montrer maladroite par excès de franchise, effrontée et butée même, à l'hôpital, la gynécologue s'avérait plus docile et compréhensive. Deux catégories de patientes cependant avaient le don de l'irriter : celles qui la prenaient de haut et la coupaient toutes les cinq minutes, prétextant avoir tout lu sur le sujet, et celles qui commençaient la consultation en plaçant habilement qu'elles avaient un membre de leur famille médecin – une façon déguisée de lui mettre le couteau sous la gorge. Mais Marie restait indifférente à toute forme de pression et avait appris à garder son calme. Rester neutre, traiter ses patientes de la même façon, avec une juste distance, quelles que soient leur personnalité et l'antipathie que certaines suscitaient. Voilà la ligne de conduite qu'elle s'employait à suivre. Si seulement toutes ces femmes pouvaient se comporter comme Mme Laurent, il n'y aurait aucun effort à faire. Dès la première consultation, une relation de confiance s'était instaurée. Et quand Marie avait vu son nom sur le planning du bloc opératoire de la matinée, elle s'était d'abord réjouie de la revoir avant de penser aux gestes techniques qu'elle devrait réaliser. Comment ne pas s'identifier à cette jeune femme de quelques années son aînée ? Celle qui avait une manière singulière de tourner la situation en dérision et ne pas s'apitoyer sur son sort. La voilà qui bougeait les bras dans tous les sens, comme si elle nageait le papillon, pour s'assurer que sa prothèse était bien fixée.

— Doucement, quand même ! l'interrompit Marie. Je viens à peine de faire l'injection de graisse tout autour… Attendez quelques jours avant de faire des folies de votre corps.

L'intéressée parut contrariée.

— Quelques jours ? Comme si, après ce qui m'est arrivé, j'avais prévu d'être raisonnable ! J'ai des erreurs à rattraper, docteur !

— Des erreurs ? Lesquelles ?

— Après l'annonce de mon cancer, j'ai été mal conseillée et j'ai fait tout ce qu'il ne fallait pas faire : aller sur des forums, faire un régime à base de graines, me remettre à fumer, arrêter le sport et faire une croix sur le sexe.

Marie approuva d'un signe de tête, reconnaissant que ces derniers mois elle avait commis son lot d'erreurs elle aussi et que, contrairement à sa patiente, elle ne pouvait incriminer le cancer. Son travail avait pris le pas sur sa vie personnelle mais, depuis la partie de trampoline de l'autre jour, elle voyait les choses un peu différemment.

Ce matin-là, lorsque les deux amants s'étaient regardés dans les yeux, les joues encore roses de leur effort, Marie avait perçu une gêne chez son partenaire. Peut-être l'ombre d'un regret. Fallait-il qu'elle se jette de nouveau sur lui pour le convaincre que leur corps-à-corps était une excellente idée ?

— Au fait, j'ai donné mon préavis pour l'appartement, lui avait-il annoncé pour combler le silence ou pour la dissuader de recommencer. Je devrai rendre les clefs fin avril.

Marie avait dégagé la mèche de cheveux qui lui barrait le front et qui l'empêchait de lire dans ses pensées.

— Fin avril… Ça coïncide avec mon départ justement.

— Oui, ça coïncide… verbe tiré du mot coïncidence.

— Tu te moques de moi ?

— Un peu.

Elle s'était demandé quelle conclusion elle devait en tirer. Envisageait-il de quitter Paris ? De prendre un nouveau départ ? Ou comptait-il seulement trouver un autre logement dans le quartier ? Guillaume ne lui avait pas donné beaucoup d'indices jusqu'à présent.

— Tu comptes venir avec moi en Bretagne ? avait-elle proposé du tac au tac, sans réfléchir.

— Je ne suis pas du genre à prévoir aussi longtemps à l'avance.

— Tu es du genre à monter dans le train en marche ?

— À sauter du train aussi. De peur d'aller trop loin.

— J'ai compris le message, avait-elle soupiré en lui tournant le dos.

— Excuse-moi… c'était maladroit de ma part. Tu peux comprendre que je ne veuille pas me remettre dans une relation tout de suite. Surtout après ce qui s'est passé avec Virginie, non ?

— Ne t'emballe pas ! C'était juste une partie de jambes en l'air… En sortant de garde, j'ai toujours eu un appétit d'ogresse.

Il avait éclaté de rire.

— Me voilà prévenu… Ça ne me déplaît pas de te servir de sextoy, on recommence quand tu veux !

Elle lui avait jeté l'oreiller à la figure.

— Ouste ! Sors du lit maintenant ! À mon tour de dormir !

— Tu me chasses de mon propre appart' ?

— Oui, et je te donne une mission avant de prendre ton service : appeler Virginie et lui expliquer ta version des faits. Celle que tu m'as racontée hier dans le hall de l'hôpital.

Guillaume avait paru étonné.

— Tu veux dire, celle qui t'a tant émue que tu m'as sauté dessus le lendemain ?

— Parfaitement.

— Je ne suis pas sûr que mon ex ait la même réaction.

— Tant mieux… Mais toi, au moins, tu te sentiras

soulagé… Et qui sait ? Après, tu auras peut-être envie de t'encombrer de nouvelles casseroles. De nouveaux meubles aussi.

— Des casseroles ? Certainement pas. Et des armoires piégées non plus, répondit-il d'un air boudeur.

En regardant Mme Laurent se rhabiller, Marie prit conscience que c'était sans doute la dernière fois qu'elle la voyait. Une vie nouvelle allait débuter pour elle, un peu plus à distance de l'hôpital. Avec de nouvelles attentes et perspectives. Un espoir retrouvé et une force redoublée. N'était-ce pas ce constat qui la poussait depuis tout à l'heure à faire l'inventaire de toutes les erreurs et déceptions qui avaient ponctué cette épreuve ?

— Pas étonnant que mon mec m'ait larguée, quand j'y pense. Je l'ai traité de tous les noms mais je me rends compte à quel point ça n'a pas dû être facile pour lui. Moi, j'étais au centre de l'attention, j'avais le droit de me plaindre. Lui, non… Vous ne pouvez pas imaginer à quel point les proches anxieux sont difficiles à supporter quand on est malade ! À ce moment-là, j'avais besoin de positif. De légèreté. Pas envie de sa pitié, ni de sa compassion. Et puis j'étais trop fatiguée pour m'intéresser à lui, trop douloureuse pour être gentille… Vous devez trouver que je suis horrible. Que certaines de vos patientes auraient été heureuses d'être entourées d'un homme comme celui-là, n'est-ce pas ? (Marie secoua la tête, la mine pensive.) Vous savez ce qu'il n'a pas supporté ? De n'être pas indispensable dans mon histoire. Il est parti le jour où il a compris que je n'avais pas besoin de son aide. Pas besoin de lui pour aller mieux. Comme quoi… les coups durs ne renforcent pas toujours les liens, parfois ça les distend. Il faut savoir l'accepter.

Guillaume avait-il appelé Virginie finalement, comme elle le lui avait suggéré ? Marie ne l'avait pas su. Mais la dernière phrase de sa patiente résumait bien l'histoire de leur rupture. Un cancer dans un cas, un accident dans un autre. La vie n'était décidément pas un long fleuve tranquille et certains écueils laissaient des traces.

— Tu sais ce qu'on me répète depuis que je suis toute petite ? avait-elle révélé à Guillaume ce matin-là, sur leur matelas gonflable double épaisseur à pompe électrique, avant de fermer les yeux pour sa sieste bien méritée.

Un sourire narquois s'était dessiné sur son visage.

— Non… Que répète-t-on chez les ploucs ? Je suis curieux de le savoir.

— Quand on casse, on répare.

— Et ? Je ne vois pas le rapport avec mon ex… J'ai cassé sa Vespa certes… sa hanche aussi, mais… aux dernières nouvelles, je ne suis ni carrossier ni orthopédiste. Comment aurais-je pu réparer quoi que ce soit ?

Marie avait soupiré.

— Chez les ploucs, on a l'esprit moins terre à terre, figure-toi. Ce ne sont pas la Vespa ni la hanche que tu ne supportes pas d'avoir cassées… ce ne sont pas elles qui t'empêchent de dormir la nuit, de tourner la page… c'est l'estime de toi que tu as cassée, ta propre image. La rancœur d'une femme qu'on a aimée est insurmontable. (Guillaume l'avait dévisagée d'une drôle de manière, à la fois impressionné et dérouté, comme si elle venait de parler en latin.) Parole de gynécologue, avait-elle ajouté avec un demi-sourire pour détendre l'atmosphère.

— Parole de spécialiste en amortisseurs, tu veux dire ?

Et les bonds avaient repris de plus belle.

37

Bienheureux les fêlés

Jean-Moulin, Depinoy, Pierre-Brossolette. Elsa connaissait ces noms par cœur, leur enchaînement aussi, comme les vers d'un poème qu'on réciterait pour s'endormir. Les voir défiler à nouveau sous ses yeux lui procurait une sensation étrange. Douloureuse et apaisante à la fois. Dans son dos, elle entendit Guillaume murmurer à l'oreille de Marie.

— On va jusqu'où ?

— Je ne sais pas, c'est Elsa qui décide.

Cette dernière sourit. Les savoir assis tous les deux, la rangée derrière elle, lui donnait le courage nécessaire pour poursuivre le trajet. Elle n'avait plus la sensation d'être seule dans la nuit, livrée à elle-même. Les bruits environnants ne paraissaient plus aussi importants. Les gens autour d'elle non plus d'ailleurs. Peu importe si le chauffeur lui était inconnu, ses yeux n'avaient plus besoin de la guetter dans le rétroviseur. Elle n'avait plus à cacher sa féminité, pouvait se tenir bien droite et dévoiler son visage. L'idée de retrouver le Noctilien qui avait rythmé ses nuits, quelques mois auparavant, l'avait prise subitement à la fermeture du pub. Comme si elle se sentait enfin prête à se confronter au passé. Lorsqu'elle avait proposé à Guillaume et Marie de l'accompagner, ces derniers ne s'étaient pas fait prier pour la suivre. Étonnés sans doute qu'elle daigne enfin leur demander quelque chose.

— Préviens-nous quand tu veux qu'on descende, l'interpella Marie en posant une main sur son épaule.

— Je continuerais bien encore un peu.

— Jusqu'au terminus si tu veux.

Au moins jusqu'à l'arrêt Soleil-Levant, pensa-t-elle tout bas. Au moins jusque-là. Et le cliquetis de l'appareil photo de Guillaume lui indiqua qu'elle n'était pas la seule à profiter du voyage.

Quelques heures plus tôt, Elsa s'était présentée comme prévu au salon de tatouage, accompagnée de Marie. Le dessin de la porteuse d'eau l'attendait sur le comptoir. Jacquou l'avait redimensionné à la taille de son poignet et en avait simplifié les contours. La jeune femme avait apprécié la finesse du trait, la discrétion de l'ensemble et, sans exprimer la moindre appréhension, avait pris place sur le siège inclinable.

— C'est étonnant, on retrouve les mêmes objets qu'au bloc opératoire, avait constaté son amie en s'installant aux côtés du tatoueur. Le fauteuil, les compresses, la solution hydroalcoolique, les gants en latex… Par contre, des gants noirs, je n'en avais jamais vu : c'est original ! Manque juste le bistouri.

— Encore heureux ! avait réagi Elsa au quart de tour. Je ne tendrais pas mon bras si je savais qu'on allait me charcuter.

En soulevant le support calque, la porteuse était apparue comme par magie sur la peau blanche de son poignet. Par transparence, on pouvait voir le maillage bleu des veines qui couraient de part et d'autre de la silhouette.

— J'y vais, l'avait prévenue Jacquou en mettant en route son stylo encreur. Ça va piquer un peu.

Marie avait grimacé à sa place.

— Cet engin de torture fait le même bruit que mon bistouri électrique.

— Tu es toujours aussi bavarde, la gynécologue ? avait grogné l'artiste.

— Quand ça m'intéresse, oui… Vous feriez un bon chirurgien, vous êtes précis et vous ne tremblez pas !

— Deux qualités indispensables pour un tatoueur. Et la règle d'or, c'est de prendre son temps ! « Plus tu vas doucement, plus ton travail ira vite », me répétait mon maître.

Marie s'était penchée un peu plus près.

— Le corps considéré comme un tableau, c'est drôle quand on y pense. J'ai une vision tellement différente dans ma pratique.

— Tu n'as pas changé d'avis depuis l'autre jour ? Je suis sûr qu'un petit tattoo te fait envie. Une pie par exemple.

— Une pie ? s'était-elle offusquée, alors qu'Elsa pouffait de rire en s'excusant de bouger. Pourquoi pas un troisième mamelon au milieu de la poitrine tant que vous y êtes !

Jacquou avait levé son stylo, amusé par la repartie cinglante de la jeune femme, puis s'était tourné vers sa cliente.

— Ça va, mademoiselle ? On ne t'entend pas… Je ne te fais pas trop mal ?

— J'ai connu pire, avait répondu Elsa, le visage détendu.

Et Marie n'avait pas résisté :

— Jacquou, vous avez en face de vous la femme la plus courageuse que je connaisse !

— J'ai l'impression que ce tatouage cache une longue histoire effectivement. Elle doit compter pour toi, pour que tu veuilles la graver sur ta peau.

Elsa avait hoché la tête avec pudeur.

— Dans ce cas précis, le corps n'est pas seulement un tableau, avait déclaré le tatoueur avec fierté. Ici, c'est un porteur de messages, une boîte à souvenirs.

— Je peux voir ton tatouage, Elsa ? demanda Guillaume, en se penchant en avant. Marie vient de me raconter la légende du pot fêlé. Tends le bras vers la vitre, que je prenne une photo. J'adore… On dirait que cette femme courbée s'apprête à sauter du bus et à reprendre sa liberté.

Marie gloussa.

— Glenfiddich, tu ne manques pas d'imagination !

— Tu connais cette phrase de Michel Audiard ? ajouta-t-il, encore absorbé par l'image qu'il venait d'immortaliser. « Bienheureux les fêlés, car ils laisseront passer la lumière… » C'est un peu mon mantra.

Elsa se tourna vers lui, touchée par la comparaison.

— Je ne la connaissais pas, merci.

Et c'était vrai. Depuis qu'elle les avait rencontrés tous les deux, la lumière passait comme par enchantement. Comme si l'aube avait tardé à se lever après des mois d'hiver austral. Guillaume ne cessait de l'étonner. Sous ses airs de déménageur un peu rustre se cachaient en réalité une extrême sensibilité et une bienveillance rare. Ils s'étaient bien trouvés avec Marie, même s'ils ne le savaient pas encore. Ils ne pouvaient déjà plus se passer l'un de l'autre. Quand l'arrêt « Soleil-Levant » défila sur l'écran digital au-dessus de sa tête, Elsa réalisa qu'il était l'heure de faire demi-tour.

— On peut descendre si vous voulez, proposa-t-elle, alors que Marie était en train de s'assoupir.

Guillaume approuva d'un signe de tête et secoua doucement sa voisine. En s'avançant entre les rangées de sièges, Elsa repéra quelques silhouettes recroquevillées à droite, à gauche. Rentraient-elles chez elles ? Ou se réfugiaient-elles dans ce bus jusqu'au lendemain matin ? Pas une ne lui ressemblait. Ou peut-être cette femme contre la vitre, le nez dans son écharpe. Ou celle-là au regard triste. Il n'était pas question de les brusquer, de les aborder. Mais qui sait ? Si elle les revoyait à la même place la prochaine fois, elle oserait peut-être. Avant de rejoindre ses amis sur le trottoir, Elsa sortit discrètement de son sac quelques cupcakes et les déposa sur les sièges. Quand elle les avait récupérés à la fin de son service plutôt que de les mettre à la poubelle, elle n'avait pas pensé à les distribuer ainsi. Mais cela lui sembla une évidence, maintenant. Comme un juste retour des choses. Et elle comptait bien reproduire ce rituel chaque samedi si elle le pouvait. À l'arrêt Soleil-Levant – celui d'en face, où les trois amis attendaient le bus en sens inverse –, la nuit était noire. Sans lune. Mais – aussi étrange que cela puisse paraître – la lumière passait au-dessus des toits.

38

Compte à rebours

Le compte à rebours était en marche, le mois d'avril bien entamé, et Guillaume n'avait encore élaboré aucun projet. À part, bien sûr, remettre les clefs de son appartement. Il avait veillé personnellement à ne pas faire évoluer sa relation avec Marie, mais honoré volontiers ses accès de gourmandise à chaque lendemain de garde. Certaines nuits aussi, au lieu de compter les moutons ou de déambuler dans les rues avec son appareil photo, il faisait durer les préliminaires et la couvrait de baisers jusqu'à ce qu'elle s'endorme. Une fois, par mégarde, il lui avait murmuré qu'elle était belle. Irrésistiblement belle, dans le feu de l'action.

— Répète ça !

Lorsqu'elle s'était relevée sur ses coudes, haletante, surprise et émue, il avait réalisé alors la portée de ses mots.

— Je disais juste… qu'on risquait de réveiller les voisins.

— Non, ce n'est pas ce que tu as dit.

Il avait caressé son décolleté puis laissé courir ses doigts sur sa poitrine en silence. Pourquoi se montrer si imprudent ? Le désir le rendait muet d'habitude. Mais là, cette vérité lui avait échappé. Comme une vérité enfouie qu'il aurait retenue trop longtemps. La beauté de Marie ne se placardait pas sur les murs ni à la une des magazines. Plus discrète, elle ne ressemblait à aucune autre. Elle l'intriguait, le provoquait, le faisait rire et douter à la fois. Et qui sait ? Peut-être finirait-elle par le rendre fou… Après cette nuit-là, Guillaume s'était méfié et n'avait plus rien exprimé. Marie allait disparaître de sa vie comme elle y était entrée. La magie sur Leboncoin et le caractère éphémère des rapports humains aujourd'hui. « On se rencontre, on se rend service, on passe à l'annonce suivante. » Guillaume y croyait-il vraiment ? En tout cas, Marie semblait de cet avis le jour où elle lui avait donné ce conseil sur l'oreiller. Il avait réalisé alors que, dans sa tête, elle était déjà loin. Repartie au pays des ploucs. Sinon, pourquoi l'encourager à renouer avec Virginie ?

Son ex habitait à deux pas, juste au-dessus de la laverie automatique. Cette information, il l'avait récoltée après de multiples messages d'excuses – tous plus implorants les uns que les autres. C'était le prix du pardon – il l'avait compris – et la fierté n'avait pas sa place. La rancune de Virginie avait fini par céder, comme un cordon de sécurité fatigué. Lorsqu'elle l'avait invité un samedi après-midi, Guillaume avait ressenti le même trac que s'il était convoqué à un entretien d'embauche. Faire bonne impression, maîtriser son langage, la flatter un minimum – sans paraître faux –, voilà ce à quoi il devait s'appliquer. Et il ne ferait pas l'erreur de se présenter les mains vides. C'est donc armé d'un bouquet de tulipes jaunes que Guillaume sonna à sa porte, peu avant de prendre son service.

— Tu as l'air en forme, l'aborda-t-il un peu maladroitement, en lui mettant les fleurs sous le nez.

— Merci… Je vais mieux effectivement.

Dans le regard complice qu'elle lui lança, il se dit que ses messages y étaient peut-être pour quelque chose. Il prit place sur la méridienne blanche qui trônait au milieu du salon, sans trop savoir comment tenir assis sur ce genre de chose, et prit le temps d'observer les lieux. Était-ce le vide de son propre appartement qui lui donnait l'impression d'un intérieur chargé ? Il reconnaissait – non sans un certain malaise – la patte de Virginie : le doré s'invitant dans chaque objet, les bocaux exposant des ingrédients qui n'avaient pas lieu d'être mis en valeur.

— Tu continues ton régime paléo ? dit-il pour combler le silence.

— Oui, pourquoi ? Tu trouves que j'ai grossi ?

Il y avait meilleure entrée en matière pour un entretien d'embauche, pensa-t-il. Ne jamais parler de régime à une femme ! Il le savait pourtant. Sur quel sujet pouvait-il embrayer ? Vite ! Ce n'était sûrement pas le moment d'évoquer l'accident.

— Tu pourrais au moins me complimenter sur ma

cicatrice, le gronda-t-elle en se penchant au-dessus de lui pour qu'il l'inspecte de plus près. (Il baissa la tête, ne sachant pas si c'était un piège.) Tu ne trouves pas que le laser a fait des miracles ?

— Euh… Si, effectivement, elle ne se voit presque plus.

— Presque ? bouda-t-elle.

Et lui qui pensait jouer la carte de la délicatesse, c'était raté.

— Et ta hanche ? Elle ne te fait plus mal ?

Virginie sonda son regard comme une institutrice qui le suspecterait de mentir.

— Que se passe-t-il, Guillaume ? D'un coup, tu t'intéresses à moi, tu es gentil… jusqu'à m'offrir des fleurs. Je peux savoir la raison de ce changement de comportement ? Tu as quelque chose à me demander ?

Il soupira.

— Non. J'essaye juste d'avancer, c'est tout… Et je ne peux pas faire un pas, sachant que tu es toujours fâchée contre moi.

— Je suis toujours fâchée contre toi pourtant !

— Oui… mais un peu moins qu'hier et plus que demain.

Cette phrase était sortie toute seule et l'avait fait sourire. N'était-ce pas la première fois depuis l'accident qu'il la voyait se dérider ? La tension baissée d'un cran, la suite se passa calmement. Sans avoir besoin d'évoquer le passé, l'avenir non plus d'ailleurs. Virginie meubla la conversation de banalités. De faits sans importance qu'elle avait l'art de mettre en valeur, un peu comme ses bocaux. Une heure plus tard – sans crier, ni claquer la porte –, elle le salua simplement. Un « à bientôt » courtois, un peu distant, qui le rassura. Le soulagea même, comme Marie le lui avait prédit. Et pourtant, cette nuit-là, en rentrant du pub, Guillaume se sentait contrarié. Comme si, dans la vie, une inquiétude en remplaçait toujours une autre. Fait exceptionnel pour un samedi soir, sa colocataire n'était pas passée le voir. Ni pour réclamer un verre de Rob Roy ni pour partager leur « instant breton ». En y repensant, ces derniers jours, il n'avait fait que la croiser. Ou plutôt son dos endormi au milieu de la nuit et son matelas vide au petit matin. Ses gardes à l'hôpital se faisaient-elles plus rares ou Marie moins gourmande ? Prenait-elle délibérément ses distances ? Son comportement à lui avait changé également. Depuis qu'ils avaient goûté aux plaisirs charnels, il avait peur de la blesser. Peur de la perdre. La plouc avait beau lui assurer que ça n'entacherait pas leur amitié, Guillaume avait de sérieux doutes maintenant. Comment pouvaient-ils rester amis, alors qu'il ne pensait qu'à une chose : recommencer ? Retrouver l'odeur de sa peau, la caresser, la satisfaire et la posséder tout entière. Une idée obsédante qu'il chassait de son esprit avec – à chaque fois – ce même sentiment de culpabilité. L'avait-elle ressenti ? Partageait-elle son avis ? Ce soir-là, lorsqu'il poussa doucement la porte pour ne pas la faire grincer, il s'inquiéta de voir que son matelas n'était plus à côté du sien. Un instant, il crut qu'elle était partie sans rien dire. Rentrée à Brest plus tôt que prévu. Jusqu'à ce qu'il la trouve endormie dans la chambre, sous le punching-ball qu'elle venait d'accrocher. À sa tenue de sport, les gants de boxe qu'elle prenait pour oreiller, la plouc avait dû passer la soirée à se défouler. Guillaume s'assit à même le sol et resta à la regarder. Le compte à rebours était lancé. Deux semaines encore avant de décider quoi que ce soit. C'était long et court à la fois, surtout qu'il n'avait rien anticipé. Était-il prêt à s'encombrer d'autres casseroles ? D'une plouc-boxeuse-spécialiste en amortisseurs-gynécologue à ses heures ? Il repensa au régime paléo, aux tulipes jaunes, aux bocaux de tout à l'heure. À tout ce que Marie ne représentait pas. À toutes les qualités qu'elle ne cherchait pas à mettre en valeur. Son énergie, sa fougue, son côté facétieux et décalé. À tout ce qui allait lui manquer s'il la laissait s'en aller. Et son inquiétude grandit. Pourquoi ce fichu matelas n'était-il plus à sa place ? S'il avait pu passer à travers la porte, il l'aurait poussé avec le pied – sans faire de bruit – pour qu'il retrouve sa position initiale. Mais il était trop gros, trop encombrant. Alors il ne lui restait qu'une seule solution s'il ne voulait pas ruminer jusqu'au lever du jour. Lui piquer un gant de boxe et un coin de sa couette. Juste de quoi se faufiler. Pas grand-chose. Prendre place, tout contre elle, le plus discrètement possible. Lorsqu'elle rebondit mollement, Guillaume grimaça. Le principe de la catapulte, pensa-t-il. Comment aurait-il pu l'éviter ? Il coupa sa respiration quelques secondes à l'affût d'une réaction de sa part, alors que de l'autre côté, en silence, Marie avait ouvert les yeux et se retenait de rire.

39

La beauté asymétrique

Sur le siège du bloc opératoire, Marie demanda à sa patiente de s'asseoir face à elle pour dessiner au marqueur le rond qui manquait à son sein droit. Ou plutôt un ovale qui penchait légèrement. La gynécologue avait tenu à réaliser elle-même la reconstruction du mamelon de Mme Serda sous la supervision de la professeure Ward.

— Oui, c'est bien… ça me semble bien symétrique, approuva la cheffe de service, dans son dos.

— Même si la beauté est asymétrique, à ce qu'il paraît, déclara Mme Serda avec un sourire crispé. Prenez le visage de la Joconde par exemple… Il exprimerait, en fait, deux états d'esprit différents. Le bonheur d'un côté, la tristesse de l'autre. Incroyable, non ?

— Quel état d'esprit voulez-vous pour votre téton, alors ? plaisanta Marie en clignant d'un œil pour admirer son esquisse avec un peu de recul.

— Joyeux, assurément !

Marie se souvint du week-end dernier. Ce samedi soir qu'elle avait préféré passer seule, confinée dans l'appartement de Guillaume. Dans deux semaines, sa parenthèse parisienne prendrait fin et elle avait besoin d'en faire le bilan. Avant d'entamer sa séance de boxe qui l'aiderait dans son introspection, elle avait passé un moment à se regarder dans la glace. Comment ne pas se rappeler cette cabine d'essayage à Noël ? Le malaise qu'elle avait ressenti. Pourquoi avait-elle l'impression d'être une femme différente aujourd'hui ? Sa poitrine n'avait pas poussé pour autant – restée au stade cruel du bonnet A. Et pourtant elle avait pris de l'assurance. Était-ce le regard de Guillaume sur elle, ses caresses qui l'avaient sublimée ? Cette phrase qu'il avait voulu lui cacher, Marie ne l'avait pas oubliée. Était-il sincère ? La trouvait-il réellement belle et désirable ? Pour la première fois, elle s'autorisait à le croire. Marie réalisait à quel point la boxe avait joliment sculpté son buste, légèrement bombé ses avant-bras, raffermi ses seins et gainé son ventre. Sans oublier son grain de beauté délicieusement provocant, qui attirait le regard, telle la mouche d'une courtisane. Une ombre traversa le visage de Marie. Deux semaines… C'était trop court comme ultimatum. Trop court pour faire comprendre à un Glenfiddich désœuvré, dépressif sur les bords, qu'elle était la femme de sa vie. De son côté, elle n'avait aucun doute. La preuve : cette sensation unique d'approcher la perfection quand elle était dans ses bras. Une impression flatteuse qu'aucun homme n'avait jamais suscitée jusque-là. Son tempérament de feu et son poste de présidente en ayant effrayé plus d'un, aucun ne s'était montré aussi téméraire et persévérant à son égard. Aucun ne l'avait réveillée en pleine nuit, brûlant de désir. Aucun ne l'avait couverte de baisers de la tête aux pieds en gémissant son nom. Aucun ne lui avait avoué qu'elle était belle. Irrésistiblement belle – même s'il le niait depuis. Et pourtant elle n'avait pas rêvé. Ce souvenir restait gravé en elle, comme un tatouage. Comme un pot fêlé qui fait pousser des fleurs.

Pour approcher de la teinte naturelle du sein non opéré, Marie mélangea trois pigments dans une coupelle : un beige, un marron et un rose clair, qu'elle appliqua ensuite méticuleusement à l'intérieur du cercle qu'elle avait tracé.

— Vous êtes une artiste, docteur, la complimenta sa patiente. Une aquarelliste !

— Pour l'instant, j'en suis à l'étape du coloriage... Et je peux vous assurer que c'est un jeu d'enfant. Désolée, ça risque de piquer un peu, la prévint-elle en allumant le stylo tatoueur qui se mit à vibrer avec un bruit de ponceuse électrique.

— Allez-y, je n'ai plus vraiment de sensations sur ce sein-là.

La professeure Ward, qui se tenait en retrait pour ne pas interférer, lui fit signe qu'elle pouvait commencer. Et au moment où Marie posa la mine sur sa peau, elle tenta de détourner l'attention de sa patiente.

— Alors cette robe du réveillon de Noël ? Avez-vous osé la porter ?

— D'après vous ?

— Non… je suis sûre que vous vous êtes rabattue sur votre bon vieux col roulé finalement.

— Ha ha ha ! Comment l'avez-vous deviné ? Mais cette année, je me suis fait la promesse de la mettre.

— C'est un bon objectif… sans oublier le maillot de bain cet été.

Mme Serda arrondit les yeux, comme si elle n'avait pas encore envisagé cette perspective. Et pendant ce temps-là, Marie prenait déjà son bistouri pour passer à l'étape suivante. L'objectif était maintenant de reconstituer un semblant de mamelon, en pliant sur elle-même une petite parcelle de peau pour lui donner du relief. Une opération délicate que Marie avait déjà vue plusieurs fois, mais la réaliser aujourd'hui, sous la supervision de la professeure Ward, lui procurait un tel sentiment de fierté et d'indépendance qu'elle prenait cela comme une récompense de fin de stage. Et c'est d'une main minutieuse, qui – comme celle de Jacquou – ne tremblait pas, que l'élève s'appliqua devant son maître. Depuis le temps, Marie avait appris à gérer son stress et à en faire un moteur. N'est-ce pas ce qui l'avait conduite vers la chirurgie ?

— Voilà, c'est terminé, déclara-t-elle, satisfaite, après sa dernière suture. Vous voulez voir avant que je pose le pansement ?

Mme Serda hocha la tête, un peu inquiète, puis porta la main à sa bouche lorsque la gynécologue approcha le miroir.

— Ça alors !

— C'est normal que la zone de tatouage soit

un peu rouge, s'excusa Marie. La teinte va mettre quelques jours à apparaître.

— Je ne suis pas inquiète, docteur, au contraire… Je le trouve plutôt souriant ce téton – même avec les fils. L'autre paraît tout triste à côté… Vous ne trouvez pas ?

Marie poussa un soupir de soulagement. Et elle crut percevoir le même sentiment dans le regard de sa supérieure.

— Vous avez tout à fait raison, intervint la professeure Ward d'une voix cristalline qui résonna dans toute la pièce. Ce moment où la cicatrice rejoint le sourire, il faut savoir le saisir… il marque la fin d'une histoire et surtout le début d'une autre.

Une phrase que Marie n'était pas près d'oublier. Et le sourire de Guillaume ? Quand rejoindrait-il sa cicatrice ? Ce ticket de caisse trouvé près de la porte d'entrée, à même le sol, lui avait donné un peu d'espoir samedi dernier. Ces vingt euros dépensés – l'après-midi même – chez le fleuriste du quartier n'étaient-ils pas la preuve d'un premier pas ? D'une ébauche de réconciliation. Comment la destinataire de ce bouquet de tulipes avait-elle réagi ? Lui avait-elle claqué la porte au nez ? Pardonné ? Sauté au cou ? Marie brûlait d'envie d'aller au pub pour lui soutirer des informations mais elle savait qu'elle se heurterait à un mur. Installer le punching-ball dans la chambre lui avait paru une meilleure idée. Plus raisonnable en tout cas. Pourquoi n'avait-elle jamais aimé qu'on lui offre des fleurs ? Une marque d'attention qu'elle considérait comme désuète et ridicule. Ni plus ni moins qu'un cadeau empoisonné destiné à se flétrir et à mourir en quelques jours. Ce sac de sable avait du souci à se faire. « Viens là… Montre-moi ce que tu as dans le ventre… Tiens, prends ça ! Rira bien qui rira le dernier. » De rage, elle avait tiré son matelas dans la chambre. De rage ? Impossible de définir ce qui l'irritait à ce point. Son incapacité à lui tirer les vers du nez peut-être. Et puis ce petit déménagement serait l'occasion de le faire mariner un peu. De le tester aussi. « Viens là… Montre-moi ce que tu as dans le ventre… » Elle s'était échouée sur son matelas gonflable comme un phoque épuisé sur son rocher et la porte avait grincé – comme par magie – quelques minutes après. À croire que son plan fonctionnait à merveille, le livreur de fleurs n'avait pas tardé à la faire rebondir. Un soubresaut, un seul. Lorsqu'il s'était lové contre elle avec la délicatesse d'un videur de boîte de nuit, elle n'avait pu s'empêcher de sourire. Plutôt que des fleurs, elle préférait ça comme cadeau : sa lente respiration ronronnant dans son cou. Celle qui ralentissait doucement à mesure qu'il trouvait le sommeil. Celle qui la chatouillait et lui donnait des frissons. « Rira bien qui rira le dernier », avait-elle pensé, en fermant les yeux à son tour.

40

La bouée de sauvetage

Comme elle avait eu à cœur de retourner dans le Noctilien, Elsa décida – ce dimanche matin – de fouler les allées du cimetière du Montparnasse. Et plus précisément un chemin tracé entre les tombes, où les herbes folles ceinturaient les pavés et donnaient à l'endroit un côté bohème. Où l'arrivée du printemps, avec ces bouquets de jonquilles et jacinthes, avait redonné des couleurs aux pierres tombales. Celle de Robert Desnos – Elsa s'en doutait – était restée cruellement nue et minérale, avec ses petits cailloux en guise de lettres dorées. Seule la bouée blanche et bleue lui donnait une petite touche colorée et la jeune femme l'effleura de la main, comme on caresse un précieux souvenir. Elle avait une vision différente de cet objet de sauvetage aujourd'hui. Ne faisait-il pas écho à sa propre histoire ? Combien comptait-elle de marins autour d'elle ? De bonnes âmes qui l'avaient repêchée, alors qu'elle était en train de sombrer ? Josette, Marie, Guillaume,

Raphaël… Elle observa sa main posée sur l'objet. Ses doigts dont la pulpe était redevenue fine et délicate, son poignet orné du fameux tatouage. Un pot fêlé ne suffit pas à arroser un chemin de fleurs, pensa-t-elle. Il faut quelqu'un pour le soutenir. Oui, le changement de ces derniers mois résidait là : au fait qu'elle n'était plus seule. Qu'elle pouvait désormais compter sur eux.

La veille, en installant les tables sur le trottoir devant la pâtisserie, Elsa était tombée sur Josette avec son caddie et son petit chien qui trottait derrière elle. À la vue de la serveuse, la mine renfrognée de la vieille femme s'était dépliée comme un éventail.

— Mais regardez-moi cette grande dame ! Moi qui croyais qu'il t'était arrivé des bricoles… Tu as rencontré le prince charmant ou quoi ?

— Une bonne fée plutôt, avait-elle rectifié en posant son torchon sur l'épaule. Je peux t'offrir quelque chose ? Un café ? Une pâtisserie ?

— La journée commence bien, on dirait ! Je ferais bien de tenter ma chance au loto. T'aurais pas deux euros à me filer ?

Et la chance n'avait pas souri qu'à Josette ce jour-là. Quelques heures plus tard, une jeune femme blonde, joliment apprêtée, était entrée dans la boutique avec l'aisance d'une habituée. À la voir soulever la cloche pour examiner les cupcakes, engouffrer le plus gros avec gourmandise, Elsa en avait déduit qu'elle faisait partie du cercle proche de Raphaël. Surtout lorsque cette dernière, en apprenant l'absence du pâtissier, avait immédiatement pris son téléphone pour lui intimer de rappliquer. Au fil de la conversation, Elsa avait vu son regard se tourner vers elle avec une expression de curiosité mêlée de surprise.

— Bonjour, Elsa. Je suis Margaux, la cousine de Raphaël. Contente de te rencontrer, on m'a beaucoup parlé de toi. Je suis de passage à Paris et j'ai suivi l'odeur de ces petites choses délicieuses depuis la gare. Comment résister ?

Son charisme avait intimidé Elsa, sa familiarité aussi, et elle s'était contentée d'acquiescer en rougissant à chacune de ses paroles. Elle s'était demandé ce qu'elle connaissait réellement de son histoire et avait veillé à répondre évasivement à son interrogatoire. Comment avait-elle rencontré Marie ? Et son mystérieux colocataire ? L'avait-elle déjà vu ? Étaient-ils en couple tous les deux ? Depuis quand travaillait-elle à la pâtisserie ? Se plaisait-elle dans le studio ?

— Oui, beaucoup... Je ne sais pas comment vous remercier, avait-elle bredouillé, réalisant à cet instant qu'elle avait affaire à la propriétaire des lieux.

— Tu peux me tutoyer. Les amis de mes amis sont mes amis.

Et lorsqu'elle lui avait proposé de lui rendre les clefs la semaine suivante, au départ de Marie, cette dernière avait paru étonnée.

— Pourquoi ? Tu t'en vas, toi aussi ?

— Non, mais... je ne peux quand même pas rester éternellement sans payer de loyer.

Elle avait poussé un soupir de soulagement.

— On va trouver un moyen de s'arranger... Tu as devant toi l'associée de Raphaël. Une associée un peu lointaine et absente, certes, mais bien informée ! Mon cousin semble très satisfait de ton travail. D'ailleurs, il vient de me dire qu'il souhaitait augmenter ton temps à la boutique.

— Ça serait formidable.

— Et du coup, ce studio deviendrait ton logement de fonction… Ton loyer serait déduit de ta paye. Ça te convient ?

Elsa avait émis un couinement ému à la place d'un « oui », en se demandant si elle ne devrait pas jouer au loto elle aussi.

— L'affaire est réglée, alors. Je te laisse voir les détails avec Raphaël, déclara-t-elle en parcourant la pièce des yeux. Sinon, elle est où ton ardoise ?

— Comment ça ?

— Ton ardoise « La vie, c'est comme une boîte de chocolats… » ? C'est la tradition, ici. Chacun note sur les murs la fin de la phrase qui le définit le mieux. Raphaël ne te l'a pas dit ?

— Si, si… j'y ai déjà réfléchi. Mais je n'étais pas sûre que ça vaille la peine de l'écrire.

Margaux avait froncé les sourcils comme si elle venait de dire une ânerie.

— Vas-y, je t'écoute, avait-elle déclaré en prenant une craie pour l'inscrire derrière le comptoir, à côté de la sienne et de celle de Raphaël.

Les rares clients attablés un peu plus loin n'avaient pas besoin de l'entendre et Elsa l'avait prononcée tout bas, entrecoupée de raclements de gorge :

— Le tout, c'est de la trouver, la boîte… Après, il suffit de savourer.

Margaux était restée muette quelques secondes avant de surréagir en tapant des mains.

— J'adore ! Vraiment, j'adore !

Et son vœu de rester discrète s'était envolé avec quelques éclats de rire.

Elsa prit place sur le rebord de la tombe d'à côté, comme elle avait pris l'habitude de le faire. Une dalle ancienne à la pierre dépolie avec une grosse croix sur le dessus, où le nom s'était effacé lui aussi. Ce matin-là, il n'y avait personne aux alentours et elle ferma les yeux pour s'imprégner de l'ambiance des lieux. Pour retrouver ce qu'elle était venue chercher ici la première fois : le silence. Cette bulle de tranquillité en plein cœur de Paris lui donnait des airs de campagne. N'avait-elle pas passé un cap ? Celui d'apprécier les dimanches ? Maintenant qu'Elsa avait un rythme de travail, elle avait la sensation d'avoir mérité ses dimanches. Gagné le luxe de profiter pleinement de ces moments de détente et d'oisiveté. Et ça tombait bien, cette matinée s'avérait douce et lumineuse. Promesse de jours meilleurs encore. Bientôt, la fée Marie allait rentrer chez elle. Et Guillaume peut-être la suivre. Malgré cela, Elsa restait confiante en l'avenir. Les marches lui paraissaient solides désormais et la proposition de Margaux avait fini de la rassurer. Elle prit une profonde inspiration et ouvrit les paupières. Un bruissement d'ailes suivi d'un roucoulement de pigeon venait de la sortir de sa rêverie. La bouée demeurait toujours dans sa ligne de mire, les immeubles au loin aussi avec sa fenêtre qui surplombait le mur d'enceinte. Elsa repensa au poème de Robert Desnos que Marie lui avait soufflé la première fois. Ça lui semblait tellement loin. « Une fourmi de dix-huit mètres, avec un chapeau sur la tête, ça n'existe pas, ça n'existe pas… » Et comme elle l'avait fait ce jour-là, elle s'amusa à inventer la suite. Et le poème – forcément – s'avéra différent.

Un cimetière qui prend soin des vivants
Ça n'existe pas, ça n'existe pas…
Une bonne fée de passage
Une bouée de sauvetage à Paris
Ça n'existe pas, ça n'existe pas…
Une vie comme une boîte de chocolats
Des dimanches sans angoisse…
Des crépuscules sans nuit
Ça n'existe pas, ça n'existe pas…
Et pourquoi pas ?

41

L'envolée de papillons

— Je peux t'accompagner cette nuit ?

Marie venait d'intercepter Elsa sur le trottoir à la sortie du pub, au milieu des derniers clients, et cette dernière fronça les sourcils, ne voyant pas où elle voulait en venir.

— Distribuer des gâteaux dans le bus, se sentit-elle obligée de préciser. Je sais très bien que tu en as quatre ou cinq dans ton sac. Si tu crois que je ne t'ai pas vue à l'œuvre la dernière fois.

— Je ne les ai pas volés ! C'est ça ou ils finissent à la poubelle.

— Est-ce que j'ai une tête à t'accuser de quelque chose ?

— Non.

— C'est ma dernière soirée à Paris, la supplia-t-elle en lui empoignant le bras. Et j'aimerais la faire durer plus longtemps.

Que répondre à ça ? Elsa se laissa conduire docilement jusqu'à l'arrêt de bus. Marie savait que son amie ne lui poserait aucune question intrusive, mais son silence gêné en disait long. N'y avait-il pas un barman autrement plus intéressant ? Plus séduisant qu'elle ? Pourquoi ne pas lui réserver sa dernière nuit ? Un silence dont elle lui était reconnaissante car elle aurait eu bien du mal à s'expliquer. Le quitter la mettait en rogne, lui serrait le cœur aussi. Et pour une raison qui la dépassait, il lui était impossible de lui dire au revoir simplement, sans risquer de fondre en larmes. Alors elle avait préféré esquiver, comme dans un combat de boxe. Quand il était parti prendre son service, elle s'était empressée de transporter ses maigres affaires jusqu'au studio de la rue Froidevaux. Décrocher le punching-ball et dégonfler son matelas ne lui avait pris que quinze minutes – à peine. Puis elle s'était rendue au pub, comme si de rien n'était, avec le même entrain, la même gouaille pour masquer son cœur lourd. Et dès que le barman avait eu le dos tourné, elle lui avait rendu sa clef, en la glissant discrètement derrière le comptoir. Tourner la page n'était pas plus compliqué que cela. Commander un dernier verre de Rob Roy non plus. Même si elle se faisait la promesse que c'était le dernier. Le dernier de toute sa vie !

— À quelle heure est ton train, demain ?

La distance avec laquelle il lui avait posé cette question l'avait heurtée de plein fouet. Un crochet du droit en plein dans l'arcade. Mais elle n'avait même pas sourcillé. Juste tenu sa garde bien serrée.

— Dix heures cinquante-neuf.

— Pourquoi pas onze heures ? avait-il répondu en

souriant, comme si quelque chose de réjouissant se profilait. C'est toujours la même chose avec la SNCF, on dirait que ça les amuse de tout compliquer.

— Je ne sais pas, Guillaume… Je ne sais pas, avait-elle soupiré.

C'était la première fois qu'elle l'appelait par son prénom. Et bien sûr, il n'y avait qu'elle pour s'en rendre compte. Qui aurait pu deviner que l'idée d'une séparation imminente l'empêcherait d'utiliser un surnom ? Qui aurait pu deviner ? Heureusement, Gladys était intervenue pour lui changer les idées.

— J'ai cru t'apercevoir chez Jacquou cet après-midi, je me trompe ? Tu t'es laissé tenter par un petit tatouage ?

Guillaume avait froncé les sourcils comme si cette idée le contrariait.

— Non, j'ai emmené une de mes patientes… Une promesse que je lui avais faite avant de partir.

— Sacrée gynécologue ! s'était exclamée Gladys en prenant à partie les clients tout autour. Tu as une drôle de façon de soigner tes patientes, toi alors !

Mme Tourtier avait une idée très précise en tête : une envolée de papillons qui partirait de sa cicatrice. Des ailes colorées qui deviendraient de plus en plus grandes en approchant de l'épaule.

— C'est magnifique, avait déclaré Jacquou en découvrant son dessin. Mais c'est un projet ambitieux, il me faudra plusieurs séances.

— Ce n'est pas grave, j'ai tout mon temps ! Il paraît que j'ai la vie devant moi, n'est-ce pas, docteur ?

Marie avait souri. Comment aurait-elle pu la contredire ?

— Par contre, je ne pourrai pas totalement masquer la cicatrice, avait précisé Jacquou.

— Peu importe… Loin de moi l'idée de la cacher ! Je sais que certaines pensent qu'un corps mutilé est obscène. Mais pour moi, l'obscène, c'est de ne pas le montrer.

Tout était dit, avait pensé Marie, impressionnée par l'aplomb de sa patiente. Cet après-midi-là, Mme Tourtier avait été décorée de ses deux premiers spécimens. Un bleu cerné de noir – un Morpho selon le connaisseur – et un Citron aux ailes jaune-vert. Ils s'étaient mis d'accord sur quatre espèces dont les couleurs se marieraient bien entre elles et le tatoueur avait sélectionné plusieurs pigments pour réaliser cette envolée artistique. Marie regrettait de ne pas être là pour voir le résultat final et Mme Tourtier lui avait promis de lui envoyer une photo. À elle et ses futures patientes de Brest qui auraient envie de se faire décorer la poitrine. Un bel exemple de réparation sans geste de reconstruction. Il ne lui restait plus qu'à trouver un roi du tattoo breton avec qui travailler, même si Gladys en doutait fortement.

— Impossible ! Jacquou est inégalable !

Encore cette idée récurrente que tout était forcément moins bien en dehors de Paris. Marie ne l'avait pas contredite parce qu'il n'y avait rien de méprisant dans ses propos, mais elle n'avait pu s'empêcher de penser à l'accueil que lui avaient réservé les Dupond et Dupont à son arrivée à l'hôpital. Leur vision de la province et leur méfiance à son égard. Et pourtant sa vie parisienne ne lui avait pas semblé si dépaysante que cela. La vie d'un quartier ordinaire faite de rencontres extraordinaires qu'elle n'était pas près d'oublier.

Elsa et Marie n'avaient pas attendu longtemps à l'arrêt Losserand-Maine avant de voir le véhicule éclairé dans la nuit. Assises côte à côte, quelques rangées derrière le conducteur, les deux femmes prirent le temps d'inspecter l'habitacle. Deux personnes seulement occupaient la banquette arrière. Un couple enlacé dont les tempes reposaient l'une sur l'autre pour éviter de tomber. Dorénavant, elles ne verraient plus le bus comme un simple moyen de transport. Chacune veillerait à sa façon et observerait les autres voyageurs à la recherche de signaux de détresse. Mais ce soir-là – à leur grand soulagement – aucune détresse ne pointait à l'horizon et leur attention put se focaliser l'une sur l'autre. Dans un tel endroit, à une heure pareille, pas question de se mentir, on pouvait tout se dire.

— Dis-moi, Elsa : comment vois-tu la suite ? commença Marie en lui piquant un cupcake, faute de pouvoir les distribuer.

— Tu veux dire, sans toi ? Sans ma bonne fée ? Je ne sais pas… La suite, à ce qu'il paraît, ressemblerait à une boîte de chocolats.

Marie pouffa de rire, surprise par cette réponse.

— Elle est bonne, celle-là ! Raphaël et Margaux t'ont déjà endoctrinée.

Elsa haussa les épaules et prit un air sérieux.

— Laisse-moi te retourner la question. Dans quel état d'esprit repars-tu en Bretagne ?

— Ravie de cette expérience, vraiment ! répondit Marie avec entrain. J'ai appris tellement auprès de la professeure Ward. Je vais pouvoir monter ma propre activité de reconstruction mammaire à Brest. Non vraiment, je suis ravie !

— Deux « ravie » et deux « vraiment » dans la même phrase, si tu veux mon avis, ça cache quelque chose.

Il y eut un long silence. Une moue un peu triste. Un regard fuyant. Une bouchée de cupcake qui, d'un coup, eut du mal à passer.

— Tu sais quel est ton problème, Marie ? À force de vouloir réparer les autres, tu t'oublies.

— Je ne vois vraiment pas ce que tu veux dire.

— C'est pourtant toi qui l'as dit : quand on casse, on répare… Et toi dans l'histoire ? Qui s'occupe de te consoler ? Qui est là pour te dire que t'es la femme la plus dingue que j'aie jamais rencontrée ? Ce mec est aveugle ou quoi ? Plutôt que de te demander à quelle heure est ton train… à sa place, moi, je ferais ma valise !

Marie n'avait jamais entendu Elsa s'énerver, ni même hausser le ton. Jamais entendu de vérité aussi criante. D'aussi beau compliment. Un contraste saisissant, troublant, qui la submergea. Tout son corps se mit à trembler et les larmes jaillirent enfin. Comme un barrage qui cède.

— C'est complètement con de pleurer pour un mec, finit-elle par se lamenter.

— Tu sais ce que tu m'aurais dit si j'avais sorti une bêtise pareille ?

— Non.

— C'est vraiment con de s'interdire de pleurer.

Elsa la laissa digérer ces paroles et resta silencieuse, sans aucun geste pour la réconforter. Une retenue respectueuse et peut-être un peu coupable d'avoir généré un tel flot d'émotions. Mais quand Marie approcha sa tempe de la sienne, elle fit de même pour la soutenir. À croire que cette position était de mise dans le Noctilien, ce soir-là. Marie ferma les yeux et se reposa la question en silence. Dans quel état d'esprit rentrait-elle en Bretagne ?

Ravie, vraiment ?
Ravi ne pouvait-il pas avoir plusieurs sens ?
Le cœur ravi par un homme.
Lourd d'avoir aimé.
Aimé vraiment.
Pour la première fois.

42

La complainte de l'homme indécis

L'homme l'avait attendue toute la nuit. N'avait cessé de compter les heures et de vérifier sa montre au cas où il se déciderait à l'accompagner à la gare. Et comme dans un mauvais rêve, il n'était pas parvenu à bouger. Comme si son corps pesait trois tonnes, englué dans son coussin d'air, et qu'une fatalité l'empêchait d'envisager quoi que ce soit. Elle s'apprêtait à partir en douce et il l'avait bien cherché ! Un au revoir, ça se mérite. Ça s'accompagne de remerciements, d'embrassades. De promesses. Et lui savait qu'il n'en était pas digne. Lundi, il tournerait définitivement la page. Il rendrait les clefs de son appartement et partagerait la chambre de sa collègue, le temps de trouver un autre logement. Lundi, il reprendrait le service comme d'habitude, rangerait son comptoir, découperait les citrons, cisèlerait la menthe, préparerait des glaçons. Lundi n'était pourtant pas si loin, mais il n'arrivait pas à se projeter. Comme s'il doutait que les choses se déroulent réellement ainsi.

Dix heures dix-neuf. L'appel du café le fit sortir de sa torpeur. Le rayon de lumière aussi, dirigé vers lui comme pour le menacer. Il lui fallut trois capsules. Trois tasses au nectar épais pour dissiper le cauchemar et avoir – enfin – les idées claires. Tout était encore jouable. S'il courait à bonne vitesse, avec une trouée verte aux passages piétons, il ne lui faudrait pas plus de dix minutes pour atteindre les quais. De quoi lui donner un peu de marge pour se décider.

Dix heures vingt-neuf. En équilibre sur un pied pour enfiler son jean, l'homme heurta un objet sur le sol. Un distributeur de bonbons PEZ surmonté d'une tête de canard qui manqua de le faire tomber. Drôle de signe que cet objet en plastique. L'avait-elle laissé délibérément comme trace de son passage ? Il pensa aux bocaux de graines de chia. Aux fameuses crottes de souris. À la rigueur, à la fantaisie. Aux contrastes. À toutes les différences. Il pensa à toutes ses manies, ses habitudes, ses caprices qui coloraient son univers – et le sien par la même occasion. Les pistaches-cacahouètes, le lait Ribot, le Rob Roy, la porte des toilettes ouverte, les Reines de Saba dérobées en douce et la Madame Gloutonne laissée en guise d'excuses sur le comptoir. Sa façon de pousser cet absurde canard avec son pouce, comme si elle allumait un briquet, et la satisfaction que ça lui procurait. Plus liée au retour en enfance qu'au plaisir de goûter ce bonbon insipide sans doute. L'homme avait souvent eu besoin de déclics pour réagir dans la vie. De détails qui prenaient soudain de l'importance. Comme ce distributeur de bonbons PEZ qui lui permit enfin de franchir la porte.

Dix heures trente-neuf. Quelle probabilité y avait-il pour que cette boîte à sardines – comme elle l'appelait – s'arrête à tous les étages ? L'écriteau indiquait « Deux personnes, pas plus » et l'homme – en galant voisin – avait fini par emprunter les escaliers. Pas la peine de courir, il avait encore de la marge. Un lampadaire un peu plus loin lui renvoya l'image d'une femme adossée, un gros matelas entre les mains, reprenant des forces pour les quelques mètres qu'il lui restait à parcourir. La pâtisserie était sur son chemin elle aussi et lui rappela une nuit blanche – ou presque. Un miroir-tableau. Une armoire démoniaque. Un punching-ball aussi.

Dix heures quarante-neuf. Le graffiti sur cette façade d'immeuble n'était pas là, la veille. Il l'aurait juré ! Et ça le mit en rogne. « On ne trouve pas la solitude, on la fait. » Marguerite Duras. Depuis quand les murs étaient capables de vous faire la morale ? Comme des tatouages urbains, porteurs de pots fêlés, qui vous livrent leur message et vous pointent du doigt gratuitement en passant. Et ça fonctionna sur lui. Cette citation lui fit accélérer le pas.

Dix heures cinquante-neuf. Le tableau d'affichage annonçait le numéro deux. Un quai où plus personne ne se pressait. Où une voiturette équipée de balais s'appliquait déjà à faire le ménage. Les bras ballants, l'homme mit quelques secondes à réaliser. Arriver juste à l'heure, n'était-ce pas déjà trop tard ? Une triste vérité à laquelle il n'avait pas réfléchi. L'annonce venait de retentir dans le haut-parleur. Un Paris-Brest qui n'avait rien d'appétissant. Vraiment rien. Un train qui se mettait déjà en marche sans faire de bruit. Ou si peu. Dont le nez pointu donnait l'impression de repartir en arrière.

Avant, il n'y avait pas de barrières sur le quai.
Si un homme voulait courir pour rattraper
une femme,
Crier au contrôleur d'attendre avant de fermer
la porte
du wagon,
Sauter sur le marchepied du train en marche…
Il le pouvait.

Mais maintenant, à l'ère de la sécurité,
de la prévoyance,
L'homme se retrouvait coupé dans son élan
Et venait buter contre des portes vitrées
infranchissables.
Comme s'il n'avait plus le droit à l'erreur,
Plus le droit d'arriver en retard – ou juste à l'heure.

L'homme – en question – même s'il était sûr de lui
pour une fois,
S'il le désirait plus que tout,
Se retrouvait face à un mur,

Face à lui-même.
À ses regrets et sa solitude.

Et ce jour-là, Guillaume était cet homme.
Lui qui comptait toujours sur les marges.
Les marges de temps, d'erreur, de manœuvre.
Se pouvait-il que – dans cette vie-là –
il n'existe plus de marges ?
Qu'arriver juste à l'heure, ce soit déjà trop tard ?

Épilogue

Guillaume se posta devant le miroir et détailla sa silhouette au milieu du dessin. Un reflet disproportionné par rapport au paysage. Celui d'un géant, à la barbe noire et à la tignasse négligée, enjambant les falaises.

— Ce n'est pas en te regardant des heures dans la glace que tu la feras revenir, soupira Elsa en pulvérisant une giclée de lave-vitre au beau milieu de son reflet.

— Mais qu'est-ce que tu fais ?

Lorsqu'il tenta d'arrêter son geste, elle l'esquiva aussitôt et commença à effacer le décor. Des coups de chiffon vigoureux auxquels seule l'image du géant résistait.

— Je te rends service… Ça fait maintenant une semaine que Marie est partie et j'ai l'impression que tu la cherches toujours.

Guillaume soupira et plaqua sa main contre le phare miniature pour l'épargner.

— Elle m'a souvent parlé de cet endroit, comment s'appelle-t-il déjà ?

— Le phare du Kador sur la presqu'île de Crozon…

— Faudrait quand même que j'aille voir à quoi ça ressemble.

— Justement, Marie m'a envoyé un message. Elle a prévu d'y rester encore quelques jours avant de rentrer à Brest. Si tu allais y faire un tour ? Je suis sûre que le patron serait d'accord pour t'accorder des congés.

Leurs regards se croisèrent dans la glace.

— L'autre jour, j'ai failli monter dans le train suivant.

— Pourquoi tu ne l'as pas fait ?

— J'ai réfléchi… On réfléchit trop parfois. Je me suis dit que j'allais reproduire les mêmes erreurs. Tout quitter pour suivre une femme.

— Le problème, Guillaume, c'est que tu te poses les mauvaises questions. Tu compares les mauvaises personnes. Bref, tu réfléchis mal.

— Merci.

— De rien ! (Elsa sourit en prenant un peu de recul pour inspecter son travail.) C'est mieux comme ça, non ? Le feutre commençait à s'abîmer par endroits. Ta mémoire aussi d'ailleurs. La vie n'est rien d'autre qu'un tableau Velleda de toute façon… On efface tout – chaque étape, chaque rencontre –, puis on recommence. Je suis sûre que, dans quelques mois, tu l'auras complètement oubliée. (Elle leva son chiffon et l'observa grimacer.) Tu n'es pas d'accord avec moi ?

Guillaume ferma les yeux, conscient de son petit jeu. La garce ! Elle prenait un malin plaisir à appuyer là où ça faisait mal. Il avait envie de hurler. Lui crier de reproduire le dessin sur-le-champ ! Les mêmes lignes. Les mêmes couleurs. Les mouettes qui planaient dans l'angle. Lui crier qu'il se sentait perdu sans elle. Coincé au bout du quai numéro deux. Lui crier qu'il ne l'oublierait jamais. Jamais ! Puis il recula sans un mot et se dirigea vers la porte. Il était déjà en bas lorsqu'il l'entendit lui souhaiter d'un ton satisfait :

— Bon voyage, Guillaume !

Du haut de la lanterne rouge, Marie admirait l'arc-en-ciel ceinturer la cime des pins parasols. Quelques minutes plus tôt, il était apparu dans la grisaille, comme un mirage. Une palette pastel un peu floue qui s'était précisée ensuite, plus intense et vitaminée. Quelle aubaine de profiter d'un tel observatoire en pleine nature ! En appuyant sur l'icône de son téléphone pour prendre une photo, Marie n'espérait pas retranscrire la magie du moment, juste l'immortaliser pour ne pas l'oublier. Alors qu'elle ajustait le cadrage, un message s'afficha sur l'écran. Apparu comme un mirage lui aussi, au moment où elle appuyait sur le déclencheur.

« Donne matelas dégonflé, comme son propriétaire. Avec kit de réparation (pour le propriétaire, j'entends). Possible livraison au pays des ploucs si intéressée. Pas de reprise possible. Glenfiddich »

Un sourire béat se dessina sur son visage. Le dégonflé en avait mis du temps ! L'autre jour, au bout du quai, elle se souvint de son air penaud. Il ne l'avait pas remarquée à la fenêtre du premier wagon. Tant mieux. C'était la première fois qu'elle riait et pleurait à la fois. La première fois qu'elle se réjouissait de la tristesse d'un autre. Comme si elle savait qu'il devait passer par cet état-là pour lui revenir. Et c'est le cœur gonflé d'espoir qu'elle l'avait vu s'éloigner. Pas de reprise possible ? avait-il précisé. Un ton péremptoire qui valait bien de le laisser mariner jusqu'au soir :

« Preneuse. Si rustine bien accrochée, ne se décollant pas à la moindre pression. »

« Rustine de compétition. Ce qui explique le délai de livraison », répondit-il du tac au tac.

En retard et vantard, par-dessus le marché.

« Chiche. »

Un mot qu'elle prononça tout haut, comme s'il lui faisait face, en gonflant la poitrine.

Cet endroit se mérite, pensa Guillaume. On n'arrive pas là par hasard. On fait le choix de s'y arrêter. Combien de fois s'était-il imaginé traverser le miroir ? Comme on le ferait dans un décor de cinéma. Les falaises, le chapeau rouge au milieu des pins, les goélands… Étaient-ils bien réels ? Il entendit le vent soupirer dans les arbres autour de lui. Ou peut-être Elsa, avec son chiffon. Qu'elle ne s'avise pas de tout effacer ! Si près du but ! Guillaume s'arrêta devant le portail. Le phare s'avérait bien plus grand que sur le dessin. Trônant confortablement au milieu d'une clairière et non perché au bord du précipice. Jusqu'ici, tout allait bien, se rassura-t-il. Le tout était de ne pas trop réfléchir, comme le lui avait conseillé Elsa. De ne penser à rien d'autre qu'à l'instant présent. Rien d'autre.

— Glenfiddich ? C'est toi ?

Une voix dans son dos le fit sursauter. Une plouc

certainement, un peu essoufflée. En habits de jogging fluo avec un bandeau improbable lui barrant le front et de grands yeux verts prêts à le défier en duel.

À trois, il se retournerait pour en avoir le cœur net.
À trois, elle déciderait de son sort. Et lui du sien.
Un.
Deux.
Deux et demi.
Deux trois quarts…
Trois.

Pour se replonger dans l'histoire,

avec le plaisir des papilles
cette fois,

voici
les recettes

La bûche de Noël de Raphaël (8 personnes)

- 150 g de sucre
- 60 g de farine
- 50 g de maïzena
- 5 cl de lait
- 1 c à c de cannelle
- 180 g de pâte à tartiner spéculoos
- 3,5 feuilles de gélatine
- 4 œufs
- 250 g de mascarpone
- 1 c à s de crème liquide
- 150 g de framboises
- 200 g de coulis de framboise

Préchauffez votre four à 200 °C.

Battez les blancs en neige.

Fouettez les jaunes avec le sucre puis ajoutez la farine et la maïzena, puis incorporez les blancs montés et remuez délicatement.

Sur une plaque rectangulaire tapissée de papier sulfurisé beurré, étalez uniformément votre pâte et enfournez 10 à 12 minutes.

Pendant la cuisson de la génoise, fouettez au batteur le mascarpone, la pâte à tartiner de spéculoos et la crème liquide.

Une fois la génoise cuite, retournez-la sur un linge humide, enlevez le papier sulfurisé, badigeonnez-la du lait auquel vous aurez incorporé la cannelle.

Étalez ensuite les 3/4 du mélange mascarpone-spéculoos, parsemez les framboises sur l'ensemble de la génoise et roulez délicatement pour constituer la bûche. Étalez le reste de mélange sur la bûche pour avoir une surface uniforme. Mettre au frais au moins 2 heures.

Pour réaliser le nappage à la framboise, chauffez le coulis de framboise dans une casserole. Faites tremper quelques minutes les feuilles de gélatine dans de l'eau froide, essorez-les, et incorporez-les au coulis. Une fois la gélatine fondue, laissez refroidir le coulis jusqu'à ce qu'il s'épaississe puis étalez le nappage sur la bûche. Mettre au frais au moins 1 heure.

Le pudding aux graines de chia de Virginie

3 c à s de graines de chia
1 tasse de lait végétal (amandes, riz, avoine, soja)
1 c à s d'arôme vanille
1 c à s de sirop d'érable
1 c à c de miel

Versez tous les ingrédients dans un bol refermable, secouez fort et placez au frais.

Laissez minimum 2 heures au frais.

S'accompagne de fruits frais ou secs.

Hot Irish Whiskey de Guillaume

Cette boisson traditionnelle irlandaise apparaît comme l'alternative au vin chaud. Elle s'invite dans les pubs irlandais dès les premiers frimas.

Dans un mug,
mélangez 5 cl de whisky,
1 rondelle de citron,
6 clous de girofle (à laisser infuser 3 minutes),
1 c à s de miel,
Versez de l'eau chaude sur le mélange.

L'Irish Stew de Gladys (4 personnes)

- 1,5 kg de collier d'agneau
- 4 carottes
- 4 pommes de terre
- 4 oignons
- 60 cl de bouillon de bœuf
- 1 c à c de persil ciselé
- 1 c à c de ciboulette hachée
- 15 g de beurre
- Sel, poivre

Coupez l'agneau en morceaux en veillant à ôter l'excédent de graisse.

Nappez le fond d'une cocotte avec de l'huile et sur feu vif faites dorer les morceaux de viande de chaque côté.

Couper les oignons et les carottes en quartiers, ajoutez à la viande et tournez.

Ajoutez bouillon, sel et poivre.

Laissez mijoter à petit feu pendant 2 heures.

Ajoutez les pommes de terre à mi-cuisson.

Quand la viande est cuite versez le jus de cuisson dans une casserole, dégraissez-le quand il est un peu refroidi puis reversez dans la cocotte avec beurre, persil et ciboulette.

Faites réchauffer et servez.

Le Gobe-mouches

Dans un shaker,
mélangez 5 cl de Martini,
5 cl de rye whisky,
1 trait de Picon-bière,
2 glaçons.

Cocktail Rob Roy de Marie

5 cl de whisky
1,5 cl de vermouth blanc
(ou Martini blanc)
4 traits d'Angostura bitters
Cerise à l'eau-de-vie

Versez les ingrédients dans un verre à mélange rempli de glaçons.
Remuez à l'aide d'une cuillère et versez dans le verre en filtrant la glace.
Cerise à l'eau-de-vie au fond du verre.

REMERCIEMENTS

Chers lecteurs, vous qui me suivez depuis *Les Yeux couleur de pluie*, vous savez à quel point j'accorde de l'importance au décor d'une histoire. La baie des Trépassés, l'île de Groix, Ouessant, les falaises du cap Fréhel sont des personnages à part entière, car je crois au pouvoir des lieux ! À la magie qu'ils opèrent sur nous, à différents moments de notre vie. Paris aussi détient ce pouvoir-là, n'est-ce pas ? J'arpente souvent les rues du quartier Montparnasse, le nez en l'air, quand je viens à la rencontre de mon éditeur. Et il n'est pas rare que je fasse un détour au cimetière du Montparnasse, juste en face de la rue Huyghens, à la recherche d'une bouée blanche et bleue. La plouc que je suis – et fière de l'être – s'imprègne de l'énergie ambiante et s'y sent un peu comme chez elle. Dans ce petit coin de Paris aux airs de Bretagne, certaines artères – comme la rue Delambre – s'organisent comme des villages, avec des écoles, des commerces, des hôtels, des restaurants, un cinéma, un fleuriste, une pharmacie, un Lavomatic. Pourquoi aller plus loin que le bout de la rue si on a tout à proximité ? Je me suis amusée à dépeindre ce phénomène. Ce quotidien qui – même dans une capitale – nous renvoie toujours à notre zone de confort – trois rues, pas plus – et qui nous amène à croiser toujours les mêmes personnes.

Chers lecteurs, vous êtes nombreux – lors des rencontres en librairie, sur les réseaux sociaux ou par mail – à me faire des retours et à guider ma plume en quelque sorte. Je ne vous remercierai jamais assez ! Depuis *De battre la chamade,* où Marie a fait sa première apparition, ce personnage haut en couleur a pris l'habitude de mettre son grain de sel dans chacune de mes histoires. Combien de fois ne m'avez-vous pas suggéré de la mettre en avant ? Je vous ai écoutés et je lui ai donné le rôle principal ! Sa personnalité pleine de contrastes, sa spécialité de gynécologue, m'ont permis d'aborder des thèmes nouveaux, centrés sur la féminité, notre rapport au corps. L'importance de l'estime de soi dans le processus de reconstruction et de résilience.

Je remercie chaleureusement ma collègue Annabel pour ses conseils éclairés, pour m'avoir initiée aux techniques de reconstruction mammaire (très loin de ma spécialité de neurologue) et m'avoir autorisée à assister à une intervention. Le tatouage de mamelon n'a maintenant plus de secret pour moi !

Je remercie également Marina, qui m'a ouvert ses portes un après-midi pluvieux, et m'a raconté sa touchante histoire au coin du feu. Son combat, son cheminement, sa philosophie de vie, son optimisme et son courage. Cet échange m'a inspirée et, au-delà de l'écriture, m'a fait comprendre certaines choses de la vie et les épreuves qui la chahutent.

À tous ceux qui se battent contre le cancer, à tous ceux qui se réparent et prennent un nouveau départ dans la vie, à tous ceux qui les accompagnent.

À tous les libraires passionnés, les blogueurs inventifs, les amis enthousiastes.

À Katia, ma fidèle correctrice.

À Pierrick, Milla, Axel et Arthur, ma tribu aux yeux couleur de pluie.

À Lina, mon éditrice – chineuse de bonnes affaires sur Leboncoin et chineuse de bonnes idées –, ainsi qu'à toute la maison Albin Michel : Gilles, Francis, Richard, Nathalie, Aurélie, Florence, Céline, Claire, Sandrine, Remy…

Et enfin, à l'équipe fidèle du Livre de Poche : Béatrice, Audrey, Zoé, Sylvie, Anne, Florence…

Pour me contacter :
sophietalmen@yahoo.fr
@sophie_tal_men
www.facebook.com/sophie.tal.men/

Découvrez le début du nouveau roman de Sophie Tal Men disponible aux éditions Albin Michel :

La Promesse d'une île

© Éditions Albin Michel, 2023.

1

Alexis venait de repérer son sac à dos sur le tapis roulant. Ou plutôt une masse informe et brillante entourée de cellophane, revêtue d'autocollants de la douane – preuve qu'elle avait été contrôlée plusieurs fois. En la regardant avancer vers lui, au milieu des valises volumineuses, il l'avait trouvée absurde et avait hésité à lui tourner le dos. Ce sac était bien maigre comparé à la tonne de souvenirs emmagasinés ces huit dernières années. À quoi bon rapporter ces quelques habits râpés, s'il les jetait à peine arrivés ? À quoi bon rentrer tout court, s'il n'était pas attendu ? « Absurde », avait-il murmuré plusieurs fois en se dirigeant mécaniquement vers la station de RER. Dans son état de fatigue, il était incapable de réfléchir de toute façon. Il rentrait au bercail, sans but, sans projets, sans joie. Comme une poule regagne son poulailler à la tombée de la nuit. Indifférent aux effusions de joie autour de lui, aux embrassades, le jeune homme avait baissé la tête en longeant les couloirs de l'aéroport. En se félicitant de n'avoir prévenu personne de son retour. L'idée d'une haie d'honneur à Roissy lui aurait paru totalement inappropriée. Tellement futile et décalée par rapport à ce qu'il avait vécu. À vrai dire, il n'avait jamais aimé les retrouvailles. L'excitation que cela suscitait chez certains, la curiosité aussi. Il n'était pas prêt à ça. Les premiers mois qui avaient suivi son départ, il se souvenait que sa sœur Valentine – l'unique famille qu'il lui restait – lui avait reproché de ne pas donner de nouvelles. Elle lui avait même créé un blog pour l'inciter à communiquer. « Cela ne te prendra pas beaucoup de temps, lui avait-elle promis. Tu auras juste à poster quelques photos. » Puis elle avait vite compris qu'il ne partagerait rien et avait respecté son silence. Du moment qu'il lui faisait signe de temps en temps. Un coup de fil où elle pouvait lui raconter les événements qu'il avait manqués : son mariage par exemple – avec un homme dont il n'avait jamais entendu parler –, ceux de ses ex-copines – dont il avait oublié l'existence –, son travail de comptable dans une start-up locale, le décès d'une tante éloignée, la faillite d'un voisin, la naissance de ses neveux puis celle des enfants de ses ex-copines évidemment. Bref, un aperçu de la vie palpitante qu'il aurait pu avoir s'il n'était pas parti. Lui, de son côté, parlait très peu, au grand désarroi de Valentine. Comment retranscrire son quotidien sans l'inquiéter ? Sans choquer ? Ce n'était pas seulement l'expérience d'un voyage, de rencontres exotiques, de beaux paysages. Ses missions humanitaires à travers le monde l'avaient mené là où personne ne va, dans les endroits les plus reculés, les plus hostiles, les plus dangereux de la planète. Il savait maintenant que la violence, la peur, la mort étaient universelles. Que la vie n'avait pas le même prix partout, ni pour tous, malheureusement. Et le trentenaire barbu qui s'agrippait à la barre du RER, de peur de tomber au milieu de la foule, n'avait plus rien à voir avec le jeune urgentiste fringant, plein de bonne volonté, d'il y a huit ans. Une gravité nouvelle s'était immiscée en lui, un regard plus sombre sur le monde. Il avait appris ses limites de docteur, d'homme. Appris à survivre, lutter, se blinder, persévérer. À soigner avec presque rien, à soulager. À être impuissant aussi. Comment pouvait-il atterrir en douceur après ça ? Tout à l'heure, sa voisine de siège s'était retenue d'applaudir quand l'avion avait posé ses roues, sans un rebond, sur le tarmac. La femme lui avait souri d'un air soulagé comme si elle mettait son air crispé sur le compte d'une quelconque peur de l'avion. Mais Alexis n'avait pas desserré les dents. Dans son esprit, il était toujours à l'hôpital de Beyrouth, à des milliers de kilomètres de sa terre d'origine. Un malade parmi tant d'autres. Un blessé de guerre soufflé par une bombe, rapatrié d'urgence dans un pays limitrophe. Cet homme nomade chargé d'une mission à risque – une mission suicide, en quelque sorte – qu'il n'avait pu terminer. Il gardait tellement d'images, tellement de rage et de remords. Tellement de tristesse en pensant à tous ceux qu'il avait perdus. Combien de temps lui faudrait-il pour atterrir vraiment ? Que restait-il de l'homme d'avant ? Qui était-il aujourd'hui ? Un homme morcelé aux quatre coins du monde qui se déplaçait péniblement en s'appuyant sur sa béquille, ballotté par la foule de la gare Montparnasse. Le bruit ambiant faisait caisse de résonance et il avait l'impression de tanguer comme s'il était ivre. En levant la tête trop précipitamment vers le panneau d'affichage, il manqua tomber à la renverse. Le dernier train pour Brest était annoncé à dix-sept heures. S'il arrivait à le prendre, cela lui éviterait de dormir à Paris. Alexis se posta devant une borne de retrait de billets et analysa l'écran un certain temps. Tout tournait au ralenti chez lui. Son corps, son esprit. Tout était flou. Comment faisait-on déjà pour réserver une place ? Il plissa les yeux plusieurs fois avant de comprendre où poser son doigt. Et le billet sortit comme par magie de l'automate. Voilà comment les choses allaient se passer maintenant. S'il voulait survivre, il fallait faire défiler les bonnes pages – mécaniquement, sans réfléchir. Sans affect. Choisir les bonnes touches et se laisser guider. Sinon, il sombrerait. À coup sûr.

De la même autrice
aux Éditions Albin Michel :

Les Yeux couleur de pluie, 2016.
Entre mes doigts coule le sable, 2017.
De battre la chamade, 2018.
Qui ne se plante pas ne pousse jamais, 2019.
Va où le vent te berce, 2020.
Là où le bonheur se respire, 2021.
La Promesse d'une île, 2023.

PAPIER À BASE DE FIBRES CERTIFIÉES

Le Livre de Poche s'engage pour l'environnement en réduisant l'empreinte carbone de ses livres. Celle de cet exemplaire est de :
350 g éq. CO_2
Rendez-vous sur www.livredepoche-durable.fr

Composition réalisée par MAURY-IMPRIMEUR

Achevé d'imprimer en février 2023 en France par
Maury Imprimeur – 45330 Malesherbes
Dépôt légal 1re publication : février 2023
N° d'imprimeur : 268222
LIBRAIRIE GÉNÉRALE FRANÇAISE
21, rue du Montparnasse – 75298 Paris Cedex 06

63/6019/0